にっぽん製

三島由紀夫

角川文庫
16323

目次

夜の翼

一

……四十八人乗の旅客機DC－6は高度を下げはじめていた。二日前にパリを発ったSASの定期航空である。

前方の壁に、注意書の青い灯がともる。

NO SMOKING

FASTEN SEAT-BELT

すでに身じまいをすませた乗客たちは、昼夜兼行の飛行に疲れはてた体を、無精な様子でもぞもぞさせて、座席の両わきから引張り出したベルトを腹に締めると、おのがじし、眼下にひろがる東京の夜景に目をやった。

飛行機は灯の海の上を進んでいた。秩序のない、おびただしい灯である。右の窓にも左の窓にも、箱から無雑作にぶちまけたような灯がちらかっていて、そのなかに、高いビルやガスタンクの明滅する赤い航空標識と、この灯の海のところどころに燃えさかっている赤いひとでのようなネオンが見える。

美子《よしこ》の心はおどった。

『巣へかえる鳥の気持って格別だわ』

そう考えた。彼女はただ二人の日本人の乗客の一人である。

パリの一年のデザイナア修業にみがきをかけられ、男物の派手な格子地のスーツの旅行着は、美子をちょっとした公使夫人ぐらいには見せていた。小造りの顔に、わけても小さなくくり目をつけたような唇には、やや濃い口紅が、夜景を見るために灯を消した機内の暗さのなかで、あでやかな黒の光沢を放っていた。

ところで彼女の手は、隣席のフランス人のおばあさんの白い皺《しわ》くちゃな手を握っている。

「ありがとう、もう着きますね。ここで墜落しないかぎりはね」

この可愛らしいフランス語にこたえて、

「大丈夫ですよ、もう」

美子はフランス語でそう答えた。

縁もゆかりもないのに、隣りに座ったばかりに、東京の大使館の息子のところへゆくこの小さなおばあさんは、二日間というもの、美子にさんざん世話を焼かせた。

吐気がする、眠れない、食欲がない、そうかと思うと、真夜中に、ポンチをのみたい、サンドイッチをたべたい、あら眠くなった……美子はこの臨時雇のおしゅうとさんの手を、着陸のたびに握ってやらねばならない。黒貂《くろてん》の襟のついた外套《がいとう》の中に埋もれた二重頤《あご》をうなずかせて、おばあさんは安心の微笑をやっとうかべる。

美子は反射的に、自分の横の二人隔てた窓際の席にいる、もう一人の日本人、栗原五段のほうへ笑ってみせた。

柔道家のぎっしり筋肉のつまったいかつい顔に、栗原は大まかな人のよさそうな微笑をたたえた。パリ仕立の背広が、借着のようにみえる朴訥《ぼくとつ》な青年である。

「いよいよ日本ですな」

のぶとい大声のその日本語にはいかにも日本語の通じる空に来ているという解放感がみなぎった。

飛行機は機首を下へ向けた。十字の滑走路の灯がのび上るように迫って来ると、しらない間に着陸した機体は、安心した胴ぶるいのような震動をあとから付加えた。

FOLLOW ME

背に青い灯の文字をつけたジープが走っていた。

二

延着の一時間を待ちかねていた出迎えの人たちは、柵のところへ鈴なりになって、地上へ下り立った乗客の群のほうへ、やみくもに手をふった。

美子の店の五人の女店員は、興奮して、花束を高くふりまわした。大輪の黄菊は空中で狂おしく頭をぶつけ合った。

「まあ、よかったこと。よかった」

大兵肥満《だいひょうひまん》の笠田夫人は、ミンクの外套をまるで自分自身の毛皮みたいに獰猛《どうもう》に着こなして、頤で結んだネッカチーフからはみ出した大きな顔の、つり上った目をうれしそうに細めていた。このつり上った目は、顔じゅうの皺をあつめて両耳のうしろで束ねる手術をしてからだという伝説がある。夫人は美子の店の大のごひいきだ。

「よかったわねえ。まるでパリがあたしのものになったような気がする。早速二三着作ってもらうわ。何よ、金杉さん。照れることないじゃないの。そんな、うしろにかくれて、一人でにやにやしたりして、年がいもなく」

金杉はこの間接のおとくいには敢《あえ》て逆らわない。

事実彼はにやにやしていた。この初老の生地《きじ》商は、イギリス風の渋い外套姿で、十一月の夜風に長身をさらしていた。日本人にしては切れ長の目は、静かで、端正で、あまり感情をあらわさない。鼻下の半白の髭《ひげ》にさわってみながら、自分の今の幸福の手ざわりをためしているかのようである。

――税関をとおった美子が片手にトッパーを、片手に小さい鞄を下げて、待合室にあらわれた。

女店員たちは争って鞄をもちたがる。

「寒いわ」

これが帰朝第一声である。

女店員の一人が、いそいで濃紺のトッパーを着せかけた。

「ただいま」と軽く目で笑って、「チェッ、新聞社はどこも迎えに来ないのね、つまんないの」

この帰朝第二声をきいて、金杉は、美子のヤツあいかわらずだと思わざるを得ない。金杉より先に、笠田夫人が美子にとびついて、

「うれしいわ、うれしいわ」

体に似合わない小鳥のような声で抱きついた。押しつぶされそうになりながら、美子は金杉にむかって片目をつぶってみせたのを、金杉は彼女の心からなる帰朝のあいさつとしてうけとった。

待合室の壁いちめんに描かれた、樺色《かばいろ》の世界地図の前には、税関をとおって出て来た乗客たちと出迎えとの、各国語のあいさつが渦巻いていた。

一隅には、栗原五段をかこむ十数人がひしめいていた。栗原五段ははじめ、大声で笑ったり、深いお辞儀をしたりしていた。彼が何か一言たずねた。その十数人はしーんとして、頭を垂れた。

栗原青年は大まかな顔が、いっそう大まかになった、子供のような表情をした……。別れを告げに青年に近づいた美子は、うつむいている人々の中央に、とめどもなく涙が頰につたわっている栗原の顔を見出した。

「いや……」――美子のたずねに、彼は言葉をにごした。「いや……実は母が亡くなったんです」

三

二台の自動車の一台には五人の女店員が、一台には美子と金杉と笠田夫人が乗った。

美子は一年ぶりの日本の灯をしみじみと見た。大森のガスタンクの沢山の赤い灯が、自動車のうごきにつれて、ゆっくりと大きくまわっているように見えた。暗い京浜国道の沿道に、一軒の中華そばの屋台が油障子に灯をともして止っていた。

彼女は栗原の泣顔を思いうかべた。大仏さまの顔に雨がしたたっているようだった。金杉は何が彼女を感傷的にさせているかを、持前のカンと年功で、すぐ見抜いた。

「さっきのあの泣いていた男は何者だい」

「柔道五段で、フランスへ試合に行っていた人なの。かえりの飛行機でお友達になったの。お母さんが亡くなったんですって」

「そりゃあ気の毒にな」

「まあ、何てお気の毒！」

笠田夫人は人の話へ、蜂が窓からとび込むように、とびこんでくる。

「飛行機では一寸《ちよつと》話したきりだけど、一週間ぐらいしたら、お店へたずねて来るって言ってたわ、あの人」

これが金杉にとっては、美子の二度目の「相変らず」であった。

二台の自動車は京浜国道から、やがて新橋へ出て、深夜の銀座通りを走った。本通りは森閑として、ネオンだけが一生懸命動いている。練乳の広告の赤ん坊が、一人ぽっちで、夜中じゅうミルクを飲んでいる。

「御幸《みゆき》通りへまわってちょうだい」

美子のその言葉で、車は左へ曲った。美子ははじめて日本に閉め切った自分の店、ベレニス洋裁店の前を徐行させた。美子はおける自分の生活の実感がかえってきた。

もの十分もあと、人通りのない街路を疾駆した自動車は、新宿御苑のわきの金杉の新らしい住居に着いた。美子の帰朝を待って建てた家の新らしい門柱に、

金杉明男　と並べて、

春原美子

という白いセトモノの表札が、門灯のあかりにつややかである。

美子はいつものくせで、別におどろいた風も、うれしそうな様子もなく、門をとおって洋館のポーチへつづく砂利道を歩いた。二階建の小体《こてい》な洋館は、三百坪ほどの芝生の庭へ、まだ蔦《つた》のからまないパーゴラをせり出していた。月が天心にあったので、塀をへだてた新宿御苑のけだかい森が、くっきりした輪郭をうかべていた。それはただちに庭につづいているようにみえるのである。

「何、あの声？」

「ああ、御苑の池の水鳥がさわいでいるんだ。二階から見ると、月にてらされた池が、木のあいだにのぞいて見えるよ」

女中が玄関をあけて、八人を階下の客間へ案内した。テエブルの上には、酒やカ

ナッペや、コーヒーの一式が用意され、中央にヨシコ、オメデトウ、と砂糖で書いたデコレーション・ケーキが鎮座している。

美子がトイレットに立って、

「あたし、ちょっと自分の顔に会ってくるわ。しばらく会わないから」

「君の顔によろしく」

金杉は今さらながら、しゃれた女だと思わざるをえない。

四

「おめでとう」

「おめでとうございます、マダム」

一同は乾杯をし、それから菓子を切った。

笠田夫人は大いそぎで、ありたけのものを食べ、ありたけのものを飲んだ。いいかげんで引揚げる必要がある。彼女は「気の利いた人」と思われることが大好きだった。食べおわると、水をもらって、蛔虫《かいちゅう》の薬をのんだ。こんなに太っているのに、彼女は自分が蒲柳《ほりゅう》の質だから、蛔虫がいるにちがいないと信じていたのである。

女店員たちは笠田夫人の車で、それぞれの家へ送ってもらうことになった。

「あなた、とても疲れていそうだからね。体に気をつけなくちゃだめよ」

そして手提から、眠り薬を出して、今夜の分だけ、二錠くれた。薬ならなんでも持っていた。だから手提の中で、手探りで棒紅を探すときは、何度でも同じような形をした薬のビンをつまみあげてしまうので、癇癪《かんしゃく》を起すことになるのである。

玄関口には、フランス各地の美しいホテルのスティックをはったトランクの山があった。スイスのホテルのもあり、光沢紙の雪はかがやいていた。こういう色とりどりのはり紙は、丁度長い航海のあいだに船の底に牡蠣《かき》がいっぱいついてしまうように、自然についてしまうのである。帰りがけに、改めてお客たちは、感心してそれらをひとつひとつ、税関吏のように検分した。

「まあ、凱旋門ね、ステキ」

凱旋門の絵はみんなにわかった。

「これはオペラ劇場ね」

「つまりスカラ座なのよ」

知ったかぶりをして、一人の女店員が言った。彼女はすべてのオペラ劇場をスカラ座というのだと思い込んでいたのである。

——みんながかえる。金杉と美子だけが残される。しかし一向、一年ぶりで会った二人きりの空気は生れなかった。

美子は体はモウレツ疲れていたが、頭はまた、ひどくさえて興奮していた。そして立上って、部屋の中を不安そうに歩いた。

「もうこの家は落っこちる心配がないんだわね」

「なにが」

「ううん、まだ飛行機に乗ってるような気がしたの」

「おちつきなさい、体が参ってしまうよ」

金杉は上のあかりを消し、スタンドだけのあかりにした。

「お風呂へ入るかね」

「ううん、まだいいの」

美子の頭には、いわば、地球がすっぽり詰っていた。大政治家の頭はいつもこうなんだろう。パリからの航路、インド、シャム、南支那海、そんなものがごっちゃにまわっていた。同じ長椅子に座っている初老のパトロンとの間にも、まだたしかに、アジア大陸ぐらいのものがはさまっていた。――彼女がしゃべり出した。

「あたくしがフランスから送った柄の生地、あれ、みんなメーカアに注文して下さったわね。今年の流行色は紺なのよ。今度のシーズンは、わざと出足をおそくして、私のファッション・ショウで、流行を作ってみせるわ。私もう絶対に自信があるの」

「さっそく仕事の話かね」

五

「だって」――美子は正直にすまなそうな顔をして、

「仕事の話、いけない？」

するとかえって、金杉のほうが、年がいもなくテレて、仕事の話をしだした。

「まあ私のほうも、今年はこれからやっと息をつけそうだ。去年はひどかったからね。五六百社引っくりかえった。例の紡績会社なんか、二十二億の赤字だ。化繊はあいかわらずわるいが、毛織物は今年はじめに比べると、大分もちなおして来た。もっとも九月一日のシドニィの濠毛《ごうもう》初市の値段が、期待ほどでなかったのは残念だがね」

「冬物でうんともうけさしてあげるわよ」

「そうねがいたいね」

金杉は、旅づかれのした顔に、目ばかりいきいきしている美子を、危険な動物のようだと思った。三年前に、妻を亡くして一人ぐらしをしていた彼のふところに、とび込んで来たときの美子も、この感じだった。

……美子の前身はだれも知らない。金杉でさえ、おぼろげにしか知らない。かなりいい家の妾腹《しょうふく》の娘らしい。家出をして、しばらく男と同棲していたらしい。その間に加藤洋裁学校を卒業した。男と別れた。フランス語がうまいので、人の口ききで、フランス映画の配給会社へ入った。映画やヴォーグを見て、一人でデザインを勉強していた。

ある日、金杉の会社へ、デザイナアを扱ったフランス映画「装える瞳」のタイアップ広告をとりに来たのである。彼女は大きなスケッチ・ブックを抱えて、じかに社長室へたずねて来た。

用談がすんだ。すると、そのスケッチ・ブックをひろげて、

「社長さん、私のデザイン見て下さいます？」

「どれ」

初夏だったので、彼女は手まわしよく秋のデザインを持って来ていた。

「ふん、なかなかいい」

「みんな習作なんですけど」

「それにあなたには、不思議な才能がありそうだ。人をばかにしながら、引きずってゆく力が。デザイナアの相手方は女だ。女は今自分の着ている洋服の自信を、新らしいデザインで根底からぐらつかせてほしいんだ。新らしいデザインはののしる

んだ。あざ笑うんだ」

きいている美子の目が、今のようにきらきらと光りだした。金杉は一枚をぬき出して、

「これを作ってごらんなさい。服地はむろん私のほうで提供します」

……金杉の回想は、とぎれた。彼は大袈裟《おおげさ》にのびをして、立上った。

「まだ家の中を案内もしていなかったね」

といっても洋間が四間の家である。

二階の寝室へつれて行くと、そこは美子の気に入った。子供のように、ベッドにとび上ってバネをためした。

「私、着かえるわ」

そう言うと、金杉が洋服ダンスからもうガウンを出して来る。

彼女は着かえようとしながら、顔ばかりほてるので、窓をすこしあけた。月の夜は明るかった。新宿御苑の深い森の中にもところどころに月光が落ちていた。突然、池の水鳥が夜のなかで遠くまできこえる羽ばたきをした。

孝行息子

一

栗原五段は日本へかえってもう十日になる。

柔道五段とはいえ、東洋製鉄の庶務課につとめる、学校を出たてのサラリーマンで、会社が金を出してくれて、フランスの招待試合へ行けたのは、もともとこの会社が柔道に力をそそぎ、各会社の対抗戦でも、栗原正《ただし》のおかげで、負けたことがないからだった。

母の告別式も、彼自身の歓迎会も、スポーツ新聞や雑誌の記者の来訪も、ひととおりすんで、常のような生活がはじまった。彼はちっとも疲れていなかった。悲しみをまぎらすために、帰朝のあくる日から、鉄鋼会館の道場で、柔道の稽古をはじめたほどである。

きょうも会社がひけ、中華そば二杯の夕食をすませ、稽古を終って一人で呉服橋のビルから大井町線の緑ヶ丘駅ちかくの家までかえる。

秋と冬のさかいの、郊外の町のけしきはわびしい。どの店も煌々《こうこう》と灯しているだけに、かえってわびしいのである。

パチンコ屋、時計屋、果物屋、……栗原正は漬物屋の店先に立った。明日の朝食と弁当のおかずを買わなければならない。幸い親切なとなりの主婦が、正があずけておく米をたいて、毎朝七時にとどけてくれるから、買うのはおかずだけでいい。卵が箱の籾殻《もみがら》の中から、丁度頭かくして尻かくさずといった具合に、ところどころに露出している。百ワットの裸電球を、田毎の月みたいに、それぞれのガラスの蓋《ふた》にまばゆく映して、佃煮《つくだに》や煮豆の箱がいっぱい並んでいる。福神漬のにおいがする。そぼろ、するめ、わかめ、むかしの日本人は、粗食と倹約の道徳に気がねをして、こういうちっぽけな、あたじけない享楽的食品を、よくもいろいろと工夫発明したものである。

正は大きな手で、卵をちょっと撫でた。何でもないときでも、一生懸命な顔つきをしている男であるが、そういう顔つきで、ガラスごしに、塩鮭の赤い切身とにらめっくらした。ひととおり見おわると、ひとりでうなずいた。そして一口に、

「卵一個、塩鮭一切、納豆一包み、きんぴら牛蒡《ごぼう》五十匁下さい」

漬物屋のおかみさんは、きょとんとしているので、いっとき彼は、

『おや、日本語じゃ通じないのかな』

という錯覚にとらわれた。

パリでの買物にはまったく困った。「これいくら?」が「コンビヤン」だという
ことはすぐおぼえたが、地下鉄の中でうっかり女の足をふんづけたとき、「や、失
礼」というつもりで、「コンビヤン!」と言ってしまって、ひどくにらまれた。

「いちどきに言われると、わからないんですよ」

――おかみさんはもう一度正に言わせて、

「はい、みんなで六十五円いただきます。……でも、大変ですねえ、お一人で」

「近々、会社の独身寮へ引越します」

「おや、それよりも早くおもらいになったほうが、仏さまも御安心なさいますよ」

「ああ、そうですか」

正は学生時代から、ときどきとんちんかんな返事をするので、有名である。

二

間のすいた生垣にかこまれた小さい借家は、町はずれの暗い露地の奥にあった。

正は南京錠を開けて、家に入った。

未亡人の母一人子一人の生活から、急に一人ぽっちの生活になるとは、パリで、

「ハハヤマイアツシ、カエレ」の電報をうけとったときは、まだ想像もしていなかった。

電灯をつけると、さむざむとした八畳の床の間に、白い布をかけた壇上の骨壺と、大柄な勇ましい顔をした老婆の写真と、その前にかがやいているフランスの銀の優勝カップが、くっきりとうかび上る。

正は塩鮭や卵の包みを床の間に置くと、香をたいて、写真の前に端座《たんざ》して、それから、ひろげた手を畳について、

「お母さん、ただいま帰りました」

と言った。

目をつぶって、端座して、大きな声で言った。

「お母さん、安心して下さい。きょう課長の好意で、独身寮の部屋をひとつあけてもらえました。二三日うちに引越します。……

僕は、お母さんのいつも言われた事を決して忘れません。フランスの試合に勝って、ますます肝に銘じました。

『正義を行え。弱きを護れ』

そのために僕は柔道をやったんです。でも柔道でお母さんを護ることができなかったのは、本当に残念でした」

天井を鼠が走った。それは盲めっぽうな、どうしていいかわからないような走り方である。よほど悲しいことか、それとも、よほどうれしいことかがあるにちがいない。

栗原正は、咽喉仏《のどぼとけ》をごりごり動かしながら、目をつぶったまま、大声でつづけた。

「……僕はお母さんが願っていたような人間になります。このごろの青年は小ずるくて、出世ばかり考えていますが、僕はどうも人よりよほどバカですから、自分の手いっぱいで、公明正大に正直にやります。しかし正義を護るときには、だれにも負けないつもりです。それからお嫁さんも、……ええと、お嫁さんも、僕は今どきの軽佻浮薄《けいちょうふはく》な女なんか決してもらいません。今の日本の女なんかより、フランスの女のほうがずっとしっとりしていますよ、お母さん。僕はお母さんが生きてたら、きっといい嫁になったような、年寄を大事にする、やさしいきれいな人をもらいますからね」

……「年寄を大事にする」――その言葉から、つぶっている正の瞼《まぶた》に、ほうふつとうかぶのは、当然飛行機のなかの美子《よしこ》の姿である。わがままなフランス人の婆さんを、二日間というもの、言うなりになっていたわりつづけていたあの姿は、母の上を気づかってあせっていた正の心を、どんなに深く動かしたかしれない。

『あれだけの親身な世話のできる人は、きっと清純な、心のやさしい人にちがいない。商売こそ、デザイナアなんて派手な仕事だが、家庭のよさは、出迎えに来ていた両親（?）の、情愛のこもった態度でよくわかった』

「お母さん、留守のあいださびしくさせた埋合せに、今夜もうんとしゃべりましょうね」

――そのとき、うしろに異様な人の気配を感じるより早く、わっ、という泣声が正をおどろかせた。見しらぬ若者が、きちんと座って、腕で目をこすり上げて泣いている。

三

見たところ二十歳前後の、黒いジャンパアに薄茶のズボンをはいた男で、ジャンパアの下のワイシャツの襟はひどく汚れている。

「あんた、どなたですか」

栗原正はものしずかにきいた。

「はあ」と泣きじゃくりながら、「根住次郎です。はじめまして」

思い出そうとしたが、その名におぼえはなかった。

「君、それは何です、その包みは」

彼がうしろに隠している唐草模様の風呂敷包みから、栗原が柔道部主将として大学を卒業するとき、部の後輩から記念に贈られた大理石の置時計がはみ出していたのである。

男は、「あっ」というような顔をあげて、正を見上げたが、そのとたんに「ヒャッ」という大きなしゃっくりをした。

ひどく憎めない顔である。シシッ鼻の上に、あるかなきかの小さな目とひどくお上品な柳の眉が並んでおり、口はまた、笑ったら耳まで裂けそうなのを、話すときには、ほころびをかくすように、口のまんなか三分の一ほどだけを動かしてしゃべる。

「実は、ヒャッ」――涙にぬれたまじめな顔で、しゃっくりをしながら、「何とも、相すみません。お宅へ空巣ねらいに入りました者ですが、そこへあなたが、ヒャッ、かえって来られましたんで、そこで、オレがよォ、逃げ場を失って、かくれていましたところ、あなたが仏さまへよォ、話しかけていられるのを立ちぎきしてよォ、思わずもらい泣きをしたんです。どうか、ヒャッ、このとおり、手をついてあやまりますから、水に流しておくんなさい。品物はどうぞ、そちらへお納めねがいます」

根住次郎は、主人の名代《みょうだい》をおおせつかった丁稚《でっち》のように、口上をのべてから、少し気どって体をねじって、重い風呂敷包みを畳にずらし、進物をさし出すように、包みを正のほうへ押しやって、おじぎをした。

　正が包みをほどくと、出て来たのは、置時計に、洋服一着、母の形見の着物五枚に、レインコート一着、それから、どういうつもりか、冬になるといつも母が背中に入れていた半分鼠いろの真綿がでてきた。

「これはどうするつもりかね」

「へえ、頭にかぶせるんで」

「君の？」

「赤ん坊のです。ヒャッ」

「君に子供がいるのかね。君の年はいったいいくつなんだ」

「オヤジは当年とって十九歳、ちょっと赤城の子守唄なんですけど、子供とは表むきに会えないんで、送ってやろうと思ったんです。子供のおふくろは死んじまって、おばあさんと田舎にいるんです。そろそろ寒いから、赤ん坊にかぶせてやろうと思いまして」

「そうか。とったものはこれだけだね」

「はい。現金はみつかりませんでした」

　身のあかしを立てるために、次郎はポケットというポケットを裏返してみせた。

ポケットの内側の布が、ズボンの両わきから汚れた耳のようにとび出して、払うと埃《ほこり》が立ち、映画館の切符と、パチンコの玉がころがり出した。男はあわてて、器用な手つきでそれをひろうと、

「実はヒャッ、一つお願いがあるんですが」

四

「お願いとは、何だね」

「兄貴は、」――と根住は、呼び方に困ったとみえて、兄貴と呼んで、両方の拳《こぶし》を前へつき出して、その拳をひねるような手つきをしてみせて、「このほうのチャンピオンでいらっしゃるそうで」

「いや、チャンピオンということもないが」

「この時計の裏に書いてありました。おかくしになってもムダですよ、ヒャッ」

「君、そのしゃっくりはやまないかね」

「それがよォ、へんなときに出て来ちまいやがって」

「ちょっと待ちたまえ」

栗原正は、仏壇の横から、卵を入れた小さい紙の袋を出して、卵がころがらない

ように、香炉の灰の上におくと、
「この袋を鼻と口にかぶせて、袋の中で二三度ゆっくり息をするんだ」
根住がそうすると、しゃっくりはたちまち止んだ。彼の顔には、文明人の手品に
おどろいた野蛮人のような畏敬《いけい》の色がうかんだ。
「こいつはおどろいた。とまっちまやがった」
逃げだしたしゃっくりの行方をたずねる風に、彼はあたりをきょろきょろ見まわ
したが、それでおちついたらしく、体を乗り出してこう言った。
「他でもないんですが、兄貴、お願いがあるんだ」
「だから、何だね」
「実は、俺を子分にしてもらいたいんです」
「子分？」
正はあきれて、黙ってしまった。高架線の電車がガードを渡って、緑ヶ丘駅へ入
るひびきがした。おそい勤め人たちは駅を出て、十一月の寒い灯のちらばった、う
す暗い小住宅の群へかえってくるだろう。売れのこった、もう新鮮なにおいのしな
い夕刊を駅頭で売っている、そんな夕刊のような町だ。……発車の汽笛が鳴るまで、
正は黙っていた。
根住はあせって、自分から口を切った。

「……ねえ、いけないんですか。さっきよォ、仏さまに話しかけている兄貴を見て、オレの親分とたのむ人はこの人以外にないと思ったんです。強くて、情があって、たのもしくって、へん、また思い出すと、もらい泣きをしちまわあ」

彼は汚ない手で目をこすった。

——栗原正は、真綿と、母の形見の着物一枚を、田舎のおばあさんと孫へ送るように、くれてやり、その上、電車賃をやると、また根住は泣き出した。

「さあ、もうこんなことはするんじゃないぞ。かえりたまえ」

「へえ……実は、靴が」

「靴がないのか？」

「台所の窓の下にあるんです」

そこからのぞくと、夜の土の上に白い運動靴がハの字に脱いであった。

台所口からかえりがけに、

「兄貴、この御恩は一生わすれません。又お話をうかがいによォ、来てもかまいませんか」

「もうじき引越すよ」

「どこへ」

「東北沢の東洋製鉄寮だ」

言ってしまって、正は後悔した。

「じゃまたね、兄貴。お嫁さん候補によろしく」

「ばかやろう」

小柄な影は八つ手のしげみに消えた。

美しい嘘

一

一名おしゃれ横丁とも呼ばれる御幸《みゆき》通りは、銀座八丁のウェイスト・ラインである。この西洋風の美人は、長い美しい脚を新橋のほうへのばしているが、あいにく京橋方面の頭のほうは空っぽだというううわさだ。

小春日和の御幸通りの歩道を、ゆききするのはおおむね身だしなみのいい男女である。奥さん、お嬢さん、二号さん、芸妓、夕方になると出勤前のバアのマダム、ウェイトレスたち、……それればかりではなく、有名な俳優、声楽家、綽名《あだな》で呼ばれる人気者の映画女優、そういう通行人のふところをねらって、とりすました高級洋裁店、洋品店が軒を並べている。世界の一流の製品で、ここで買えないものはない。

もちろんこれらの店の本当のおとくいは、お客の女たちの財布の中味の供給者である。しかし、かれらのほうはめったに姿を見せない。姿を見せる暇なんかないのである。しかし、裕福そうなおしゃれな紳士たちもここをとおる。ところが彼の細君は、家で古ぼけた着物を着て、秋刀魚《さんま》を焼いてるかもしれないのだ。もっとも彼らだって買物をする。十日も考えてイギリス製のネクタイを一本買う。おかげで奥さんはガス代を払いそこなう。

本当のおとくいも、時たま顔を見せる。

たとえば路傍にとまっている中型のオースチンの車内を覗くがいい。一人のあまり育ちのよくない顔の紳士が、退屈して爪をかんでいる。洋服も靴もみんな一流品で、口の中まで一流品で埋めている。笑うとみんな金歯なのだが、一本一本にダイヤモンドをちりばめたらもっと似合うだろう。彼はベレニス洋裁店へ入った奥さんが出て来るのを、じりじりして待っているのだが、どうしても一緒に店へ入らないとダダをこねたのである。彼の本心をいうと、まだ何となく銀座を闊歩《かっぽ》するのが怖いのである。車の窓から、おしゃれな青年が女と連れ立ってゆくのを見て、へん、すかんぴんのくせに、と思うが、自分が若いころ闊歩できなかった街は、何だか一生よそよそしいものである。

——奥さんはベレニス洋裁店の、シックな飾窓のそばから出て来た。

客を送り出した店員の桃子が、同じ店員の奈々子のところへとんでゆく。一分でもひまができると、おしゃべりをしたいのである。

「あの奥さんったら、いい気なもんだわ。あの体で背中を出したイヴニングを着ようっていうのよ」

「胛骨《かいがらぼね》の格好のいいところを見せたいんでしょう」

「あんなのが大ぜい出てきたら、衣紋竹が売れなくなるわ」

「大丈夫よ。笠田夫人みたいのも、いっぱいいるから」

「お客の悪口はよしましょうったら」

「なによ、自分で言い出したくせに」

「マダムはまだね。私もはやくお店をもって寝坊がしたい」

「あんなすてきな旦那がつけばね」

この店でただ一人の金杉派である奈々子は、ガラス棚に肘《ひじ》をついて、あの半ば銀に光る、優雅な半白の口髭《くちひげ》を夢みた。

客が入って来たので、二人は急に口をつぐんだ。

二

入って来たのは、ひどく場ちがいなお客である。

仕立のよい背広を着ているが、何ともいえずヤボで、動物園の孔雀《くじやく》の檻《おり》に熊を入れたら、こんな調子で、照れくささうに歩きまわるにちがいない。彼はまずしさいらしく、棚に積まれた女ものの外套地を見上げ、それからガラスのおもてにうつむいて、桃いろや白の女の下着と乳あてをていねいに見た。

奈々子が桃子をつついて、小声で、

「ねえ、税務署じゃないかしら」

丸顔の小柄の桃子は、自分が可愛らしく見えることをよく知っていて、怖れげもなくそばへ寄って、こうたずねた。

「いらっしゃいまし。何を差上げましょう」

「はっ」――栗原五段は、すこし赤くなった顔をようやく上げた。「あの、ここのお店に、春原美子《よしこ》さんという方はいらっしゃるでしょうか」

「あら、マダムですわ」

「そうですか。それは結構ですな」

彼はとんちんかんな受け答えをして、

「僕、栗原というもんですが、フランスからかえりの飛行機で御一緒だったと言って下されば、わかります」

「まあ、フランスから、マダムとでございますか」

桃子はとたんに、飛行機の彼の泣顔を思い出し、マダムからきいた話を思い出した。彼女は、パリがえりでこんなにのっそりしている男の人なんて、まあステキ、と思った。

「私、桃子と申します。このたびは、御不幸がおありになったそうで、マダムもとても御同情していましたわ。あいにく今日はまだ、マダムが……」

「そうマダム、マダムと言うもんじゃないの。いらっしゃいまし、栗原さん」

はやりの豹《ひょう》の毛皮のようなベルベットのトッパーを着て、美子がいつのまにか栗原のうしろに立っていた。

「きょうはあたたかくて、暑いくらいね。これ掛けといて」

彼女はトッパーをぬぎすてて、黒羽二重の全体にうすく綿を入れてダイヤ形のキルティングをつけたスーツの姿になった。

「おいそがしいでしょう」

栗原はほかに言うことが思いうかばないので、そう言った。

「いいえ、近ごろはもう不景気で。あなたは、今おひま?」

「いや、会社の用で近くまで来て、ちょっと一時間ほど時間が空いたものですから」

美子はほとんど栗原の顔を見ていなかった。彼女が見ているのは、この朴訥《ぼくとつ》な青年をおそった不幸だけだった。その不幸を思うことが、女の持前の母親らしい気持を刺激して、必要以上に彼女を小まめにしていたのである。

「それじゃ、そこらでお茶でも」——そして桃子に、「お店をたのんだわね」

午後の日ざしはベレニス洋裁店の飾窓に容赦なく射し込んで、生地《きじ》の変色するのを心配させるほどだったので、二人が出た御幸《さゆ》通りの片側は、十一月の白湯のような日光に潤うていた。

鳥籠《とりかご》のある喫茶店におちつくと、

「本当に、さぞお力落しをなすったでしょうね」

美子はしんみりとそう言った。

三

母のくやみを言われて、正《ただし》は大まかな顔をぶるんとゆすぶった。悲しみの思い出をふるい落そうとするように。

「あなたはうらやましいです。立派な御両親がそろっていられて」

「え？」

「飛行場へ御両親が迎えに来ておられましたね」

美子は否定しようとして、考えて、よした。

湯気を立てて、大きな白い磁器の茶碗の紅茶がはこばれてきた。うかんでいるレモンのうすい一片が、何かそれを切ったナイフの鋭利な冷たさを思わせるのも、初冬のすみ切った今日の大気のせいにちがいない。

窓辺の鳥籠のルリ鳥の影が、二人のテーブルの上を、とめどもなく動いている。

「パリでは一度もお目にかかりませんでしたわね。おうわさはきいてましたけど」

「かえりの飛行機が初対面でしたね」

「パリがもうなつかしいわ。きのうもパリの夢を見ました。ルーヴルへいらしった？」

「さあ」と正は永いこと考えて、「行きませんでした」

「あの有名なルーヴル美術館へ？」

「どうも、絵がわからないものですから」

「オペラ座がなつかしいわね」

「はあ、オペラ座、行きました」

「何をごらんになった？」

正はまた考えて、

「何だったかな。……忘れました」

「ジャン・マレエの『ブリタニキュス』のよかったこと！」

「そんなもの、やっていましたか？」

「あら、フランス座で」

「そうですか。見ませんでした」

「朝ごはんのときにたべるクロワッサンていう三日月形のパンのおいしかったこと」

「ああ、あれはうまかった」——と正はほっとして、「あれは、僕、毎朝四つたべました」

「まあ！　柔道の練習ばかりで、お腹《なか》がお空きになったのね。でも連戦連勝でいらしたんでしょう。勝ったとき、どんなお気持？」

「どうも、つまらんです」

栗原はあわてて紅茶をすすり、レモンを半分ほど口の中へ入れてしまって、出した。

「勝った時の気持って、空っぽなもんですな。負けた時のほうが元気が出ます」

さっきのパリ問答で、内心あきれ返った美子も、この一言でちょっと興味を呼びもどした。

するとそんなところに気のつかない正は、わざわざ有利な話題をひっこめて、まるで尋問みたいな調子でほかのことを言い出した。

「あなたの御家庭はいかがです。飛行機のなかで、フランスのばあさんに親切にしておられるのを見て、心を打たれたんですが」

「あたくしの家庭？」――美子はわざと、大仰に目を丸くした。どうせ深くはつきあうつもりのないこの男の目に、自分が何かもろい美しい印象を与えたくなったのである。

「パパもママもいい人よ。娘のいうなりに、あんな店を出させてくれたり、フランスへ留学させてくれたりするんですもの。でも世の中っていいことばっかりはないのね。あたくしって、見かけだおしなの。あたくし、本当は、不幸なの」

四

正は急に、ズルシネア姫を夢みるドン・キホーテのような沈み顔になって、一心に美子の次の言葉を待った。

「両親が私と結婚させようとおしつけている、いやな男がいるの。見るもいやな男だけれど、そう強く押切れないの。だって、かえってわかったことは、パパの私への仕送りが半分はその男から出ていることがわかったんですもの」

「そいつは飛行場へ迎えに出ていましたか？」

「来てたのよ。私にきらわれてることを知っているもんで、自動車の中で待っていたの」

「ふむ」

栗原正は、黙り込んでしまった。

美子はすこし怖くなった。こういう思いつきの嘘は、一種の演技のたのしみで、相手もその嘘を看破しながら調子を合わせてくれるところに、面白味を生ずるのである。こうまで覿面《てきめん》な効果を生ずると、パチンコのオール二十がザラザラ出てくるようでかえって興ざめである。……美子は、多少冷たい、そっけない口調で、自分の作った効果をぶちこわしにかかった。

「……でもいいのよ。人生ってそんなに深刻に考えたってはじまらないわ。私は私でうまくやってゆきますわ。心配なさることなんかなくってよ。もう忘れましょう。そんな話」

「忘れません」

正が大きな拳でテーブルを軽くたたいた。ごく軽くたたいたのだが、紅茶茶碗は鳴り、鳥籠のルリ鳥の影はとび上った。

「どういう御縁か知りませんが、こうして僕に打明けて下さった以上、あなたの不幸は黙視できません。僕にできることなら、何でも言って下さい。お力になります」

つづいて彼は、衷情《ちゆうじよう》切々たる演説をした。

「飛行機の中では打明けませんでしたが、母の病気の電報をもらってかえるところなんで、僕は特殊の心理状態にありました。そのとき、あなたがあんなにもやさしく、フランス人のばあさんの世話を焼かれるのを見て、僕はこの方こそ、服装はアチラ風でも、心は本当の日本女性の鑑《かがみ》だと思って、目がしらに涙がにじむほど、あなたを尊敬してしまったんです。あれから毎晩、母の骨壺に話しかけて、相談しました。言ってもいいでしょうか？　僕が固く心に決めたことをですね」

「どうぞ」

「母の仏前で、僕は、自分の糟糠《そうこう》の妻たるべき人は、あなたをおいていない、と決心したんです」

「あら！」

美子は電車の中で靴のさきをふまれたような叫びをあげた。

「ちょっと待ってちょうだい。それは御決心だけ、伺っておくわ。まだ、私、とても結婚なんて気になれないし、そんな、あんまり非常識だわ」

青年の大まかな、脂の乗った鈍重な顔を見ると、美子は、びっくり箱でおどかされたようで、馬鹿馬鹿しくて腹も立たなかったが、結局、怒ることに決めた。伝票をとって、立上りながら、

「そんなお話になっちゃ、もうお付合がしにくくなるわ。忙しいから、今日はもう失礼。またどこかでお目にかかるわね、きっと」

正は、ぼんやりと寝言みたいな声を出した。

「またお目にかかれる機会を、僕、待っています。怒ったですか？」

五

美子の店は晩の八時に閉めた。看板まぎわに笠田夫人が、友だちの夫人三人をつれて、やって来た。

「こちらがパリがえりの春原美子さん」

笠田夫人は、自分の娘を紹介するように、うれしそうにみんなに美子を紹介した。

「お名前はかねがね」

そのお愛想に美子は如才なく、会釈したが、どうしてこういう連中が流行の洋服を着たがるのか、ほとほと理解に苦しむのである。大兵肥満の笠田夫人、ふちなしメガネをかけたぎすぎすした体のA夫人、身の丈五尺にみたないおしゃくみたいなB夫人、足が卓袱台《ちゃぶだい》の足ほど短かいC夫人、……彼女たちはこれでも、政界や財界の大どころの奥様連なのである。

笠田夫人は自分の家を案内するように、美子の店の中を案内してまわるのが大好きで、

「ああ、あの生地？　いいのよ、あたしが出しますから」

そんなとき、店員たちは、はらはらしながら、夫人の雄大なお尻が、せまいガラスのケースとケースの間や、事務用の小机と飾棚の間を、情容赦もなく通過するのを見まもらねばならない。まさかガラスがわれもしないが、一度などはそのために、振動した机がインク壜《びん》をひっくり返して、夏ものの生地を一着、駄目にしてしまったのである。もっとも夫人はすぐ鷹揚《おうよう》に弁償したが……。

店がしまろうとする時刻に、金杉が瀟洒《しょうしゃ》なステッキをついて入って来るのをみると、笠田夫人はいつもの「気を利かそう」という衝動にかられて、まるで借金取りに出会ったように、あいさつもそこそこに、他の三人を促して、図体に似合わず、ちょろっと姿を消してしまった。

「今ごろ、笠田さんはみんなにあなたと私の『御関係』を細大もらさず説明してるところよ、きっと」

「こっちで説明する手間が省けるわけだな」

「マダム、おやすみなさい」

「マダム、さようなら」

「御苦労さま、夜道を気をつけてね」

店員たちがかえると、宿直の小使のおじいさんにあとをまかせて、二人は店を出た。まだ人出の退《ひ》けない時刻で、ネオンは花やかに動いているが、歩道の石の上の沈静な靴音には、ぴんと弾《はじ》けば鳴る白磁のような、初冬の夜気の冷たさがひびいていた。

「食事はまだだろう。東京会館のプルニエへでも行くか。車はむこうへ迎えに来る。ぶらぶら、歩いて行こう」

二人は歩きながら、ファッション・ショウの会場の予約の話や、招待先の相談や、店に寝泊りできる家具も二階にそろったから、デザインの創作で気分の乗ったときは、店の二階へ泊って仕事をするのもいい、というような話をした。

日比谷交差点をわたって旧GHQの前の暗い歩道へ来ると、美子がふいに、

「今日ね、私、結婚を申込まれちゃった」

断ったことが自明な言い方でそう言った。

「柔道先生だろう。その勇士は」

「まあ、こわい。あなたのカンのよさったら」

金杉は事実上の結婚生活を法律上のそれまでもってゆけない自分のずるさと古くさいロマンチシズムに、何かふいに弱い怒りを感じた。

「近いうちに旅へ出ないかね。君は疲れている。ショウの準備が一段落ついたらね」

大奇術

一

東洋製鉄の独身寮は、小田急線の東北沢駅ちかくの閑静な代々木大山町の一劃《いっかく》にあった。戦争中、兵庫県出身の軍人の寮であったのを、会社が買ったのである。芝生の中庭に面した正《ただし》の部屋は、殺風景な八畳である。万年床の掛布団は、ねじれたような格好で丸まっている。机の上には干《ひ》からびた蜜柑《みかん》の皮がそのままになっており、部屋の一隅には、新聞紙の上にコウモリ傘が立てかけてある。きのうの雨でまだぬれていて、雨傘はしょんぼりと立っている。そのそばには、ぬれた靴に新聞紙を詰めて、古新聞の上にのせてある。長押《なげし》から長押へ張りわたした縄にズボンやバンドを引っかけてあるのは、古着市のようで、皺《しわ》になったフランス製のズボンは、自分があんまり落ちぶれたのに茫然《ぼうぜん》として、無気力にでれんと下っている。円窓の前の机の上の、母の写真と銀のカップまでが、何だか売物みたいに見えた。

しかし今日は快晴の土曜日だった。半ドンで会社が退《ひ》けたあと、一時間ほど柔道の稽古をして、正は寮へかえってくると、午後の日があたたかく射し入ってくる縁側に、大の字に寝ころがった。

彼は絶望落胆の極にあった。何もかも面白くなくて、一人で映画を見る気もしない。本を二三ページよんでみるが、それ以上よむ気がしない。心は穴のあいたゴム風船みたいに、ふくらましようがないのである。

女は押しの一手だときいているが、のれんに腕押しということもあるらしい。とにかく人生は柔道のようには行かないものである。人生というやつは、まるで人絹の柔道着を着ているようで、ツルツルすべって、なかなか業《わざ》がきかないのであった。

彼は無駄に何本もタバコを吹かして、口の中がイガラッぽくなって、ためしにキャラメルをたべてみたが、この甘さは一そう悲しかった。

庭をへだてたむこうの部屋のラジオが、清元らしい欠伸《あくび》のように引張る歌を、かすかに、芝生の上をよぎって正の耳につたえてくる。田舎に家族をのこしている人事課長の部屋のラジオである。

「お母さん……お母さん……」

と彼は口の中で呼んだ。概して大男は、センチメンタルなものである。

困り切ったときには、死んだ母の名を呼ぶより能のない彼だったが、

『なっちゃいないなあ』とまた堂々めぐりの思案にあともどりをして、『あんなに

冷たい女とは思わなかったがなあ。糟糠《そうこう》の妻がよほど気にさわったのかな。とにかく完全にやられた。骨つぎなら、ちょっとはできるが、首の骨の折れたのは、仕様がない。精神的暴力は女のほうが強いらしいや』

力もちの無垢《むく》な表情を、正は急にゆがめて立上ると、

「えいッ」

「えいッ」

見えない相手にいどむように、乱取の調子で、小外掛、吊腰、横落、足車、巴投《ともえなげ》など、縦横無尽に、一人で縁側でドタバタやった。

そのとき唐紙の外で、管理人の声がした。

「栗原さん、お客さまです」

二

入ってくるなり、

「うわっ、汚ねえなあ」

と言った声は、もしやと胸をとどろかしていた正をがっかりさせた。お客さまは、根住次郎である。

次郎のジャンパアはこの間のままだったが、きょうは、糊《のり》こそついていないがきちんと白いワイシャツに赤いネクタイをして、気のきいた御用ききぐらいにはみえた。

次郎は舞妓《まいこ》の写真のついたカレンダアの下にちょこなんと座ると、畳に頭をすりつけて、くそまじめにこう言った。

「兄貴、先日はいろいろありがとうございました。改めてお礼に上りました」

正は、「別にお礼になんぞ来なくてもいい」とは言えない男である。

「まあ、この縁側へ来い。あたたかいぜ」

「へえ」

次郎はまっすぐそこへ来ずに、円窓の下の小机の前にまたきちんと座って、正の母の写真に手を合わせ、一寸《ちよつと》すさって、深いお辞儀をした。それから鼻をこすって、しゅんという音をさせた。

正が魔法壜《まほうびん》から茶を注いで、すすめると、

「ええ、お気をわるくなさらないで下さい。兄貴。さっきよォ、部屋へ入ったときよォ、汚ねえなあ、って言ったのは、うっかり口から出たんで」

正は苦笑したが、時にとって、この物騒なお客さんが、ありがたくないこともないのが、奇妙であった。金でも借りに来たのではないかと思われたが、そんな気配もなかった。

「実は他でもないんですが」と次郎は、すすめられたキャラメルをほおばりながら、切り出した。

「先日のお願いは、いかがでしょうか」

「お願いって何だ」

「もう忘れたのか、ひでえなあ、兄貴。子分にして下さい、ってお願いしといたじゃありませんか」

「僕は子分なんか要らん」

「つれないことを言わないで下さいよ、兄貴。折角よォ、心を入れかえてよォ、兄貴から柔道を教えてもらう代りに、兄貴のためなら、粉骨砕身、火の中へでも水の中へでもとびこむ、いい子分になろうってのによォ」

「子分なんか要らんと言ったら」

「弱ったな。じゃあ、兄貴、何か一つ手柄を立てれば子分にしてくれますか」

正が黙っているので、その横顔を見まもっていた次郎は、世間をすこしは知っている男の、したりげな表情をシシッ鼻の小鼻にうかべた。

「兄貴、なんか心配事があるんですね」

栗原正は、思わず、「うん」と言ってしまった。だれにでも相手かまわず、打明けたい気持から、壁にでもものを言うように、一部始終を次郎に打明けると、すこし気分が楽になった。次郎は大きな口を結んで、膝を乗り出して、一心にきいていたが腕を組むと、大きな溜息をして、こう言った。

「ベレニス洋裁店が、へん、きいてあきれらあ。とんだすべたですね」

「すべただ？　馬鹿やろう。清純な人なんだよ。怒らした僕がわるいんだ」

やがて次郎は急にそわそわして帰って行った。

三

美子《よしこ》は帰朝以来、気が立っていて、まだ本当に疲れが出ていなかった。ひとつには十一月末のファッション・ショウの準備で緊張しているからだった。

会場はいっそ派手に、帝劇か東京会館四階のボール・ルームを借りることも考えたが個人のショウでもあるし、しゃれた小さい会場のほうが、会場費も助かるので、資生堂二階のギャレリイを使うことに決めて、いちはやくその予約をすませた。一人一日食事付で三千円のモデル代は、店の女の子や、彼女自身の出演や、懇意の引退した映画女優の義侠《ぎきょう》的な出演で助けられ、二日間で五万円、それに、有名なラジオ俳優の司会をたのんで二日間で五万円、それに楽団のギャラを入れて、都合十二、三万円が人件費の主なるものであった。

金杉がいつも内心敬服しているのは、派手好みのくせに決して損な勝負をしない美子の経営的手腕であったが、今度のショウでも、金杉の会社の生地《きじ》でお客のオーダアをすっかりとっておき、モデルの着て出る衣裳は、全部売約済という仕掛になっているので、会場費や人件費の二、三十万は、金杉の会社の宣伝費と思えばよかった。芸妓をおさらいの会へ出してやる金に比べれば、店の商売も兼ねてやることだから、どんなに安くてすむかしれない。

美子はそのほかに、自分の着て出る二三の衣裳のデザインに、必ずしも実用に適さなくても、思い切った創意をはたらかせて、世間をアッと言わせてやりたいので、夜は研究と称してその仕事に没頭することが多かった。

ことに銀座の店の二階がととのい、裁断や仕立はおろか、寝泊りもできるだけの設備ができると、店員兼お針子の五人をかえらせたあと、階下に宿直の老小使を寝かせて、二階で仕事をつづけて泊ってしまうことが、四日に一度はあるようになった。

その土曜の晩も、彼女はストーブをあかあかとつけて、蛍光灯のスタンドの下で、あれこれとデザインをねっていた。机の上には、パリで一枚一万フランで買って来たさまざまのデザインの原画がならべられ、パリを発つすぐ前に見た一流デザイナアのショウのスケッチ帳がひらかれ、一年間の収穫のありったけが並べられて、彼女の頭にインスピレーションのひらめくのを待っていた。

美子はふと、その端で自分の額をたたいていた赤鉛筆をはなして、ほほえんだ。店の飼猫のクロがいつのまにか、階下から上ってきて、机の下の美子のナイロンの靴下の肌に、そのつややかな毛をすりつけて甘えていたのである。

彼女は猫を抱いて立上ると、あたたかい室内の蒸気でくもっている窓硝子《まどガラス》のところへ行って、それを手でふいた。

午前二時の森閑とした御幸《みゆき》通りが見下ろされた。あぶれたタクシーがまだうろうろしていたが、人影はどこにもなかった。ネオンサインもあらかた消え、向う側のカーテンを下ろした飾窓が、街灯にてらされて白く光っていた。

『こうして、店へときどき泊るのが、それとなく金杉を避けている気持だということが、もう金杉にはわかっているのかしら』

と彼女は考えた。そして睡気におそわれて、部屋の奥のベッドへ寝に行った。

四

根住次郎は夕刻から二三度ベレニス洋裁店のまわりをうろついて、地形を踏査した。

ベレニスの両わきには横丁がないが、となりの主に男ものの洋品店の横に小路があって、そこからごくせまい石畳の通路が、ベレニスの勝手口につづいている。そこには大きなゴミ箱もあるので、裏屋根へ上るのは造作もない。西銀座の洋品店では、一度セータアを一ダースせしめて足のつかなかった実績があるのである。

また表へまわって、女ものの生地ばかりつるされたり引張られたり、わざと散らかされたりして、陳列されている面白くもないショウ・ウィンドウをのぞきながら、マダムの声に聴耳を立てていると、客を入口まで送り出して来た美子がこう言っていた。

「……申訳ございませんわ、ちょうど仕事がございまして。二階へ一人で泊って勉強いたしますのよ、今夜は」

「まあよくなさるのね」

次郎は正の尊敬している美子を、自分の想像したように、乙に気取ってめかし込んだすべたにすぎないと錯覚したので、好感を持てなかった。

店がしまったあと、美子は食事に行ったとみえ、階上にも階下にも灯影がなかった。裏口へまわってみると、灯が洩れていた。宿直のじいさんが起きているのである。これでは具合が悪い。

しばらくたつと、今度は逆に、二階に灯がともって、下が消えた。美子がかえって来て仕事をはじめたのであるらしい。

「今夜は全く運が悪いな」と彼は、時間つぶしに入ったパチンコ屋で、ハンドルをはねかえしながら、考えた。「……だが、夜明けまでにはきっとやるぞ。一度決めたことは、とにかくやるんだ」

十一時まではパチンコ屋で時間がつぶせた。それからあとは、数寄屋橋ちかくの川ぞいの屋台で一時半まで飲んだ。仕事の前なので、ほんの一合をねばって飲んだのである。

彼はいつもの白い運動靴で、西銀座の裏町の小路を、ジャンパアの襟を立てて、事務的に歩いた。御幸通りへ出るふりをして、横へそれて、ゴミ箱のかげにかくれた。

ベレニスの裏の酒場は、店は閉めて階下に灯影はなかったが、雨戸を閉めた二階では、まだ飲んでさわいでいる声に、嬌声がまじった。

ベレニスの二階は、派手な芭蕉の模様のカーテンにまだ灯がともっている。

勝手口が建物からすこしせり出していて、その小屋根が頑丈に出来ているらしく、あまつさえ、窓の前には一坪ほどの物干が小屋根の上に架せられて、夜干の洗濯物はひとつも出ていない。

『もしかしたら、灯をつけたまま、寝ているかもしれねえな』

彼はゴミ箱の蓋《ふた》の強さを手で試し、その上に軽く片足で乗って、片足を窓枠にかけ、すぐ両手が物干の床の一端に触れたので、屋根の樋《とい》に足をふれないようにして、身軽に物干へやわらかに跳びついた。

カーテンのはしがすこしたるんでいて、蒸気にくもった室内が、ガラスごしに明るくおぼろげにきらきらと光ってみえた。

――そのとき下の横丁に高い靴音がした。

五

次郎は身をすくめた。

靴音の男は、合の外套にソフトのよっぱらいで、両足をだらしなく前へ投げ出すように歩いて、それでも路地の奥の一軒の勝手口まで無事に行きつくと、鍵をあけて入ってゆき、音高くその戸を閉めた。

次郎はほっとして、物干に身を伏せ、もう一度窓の中をうかがった。机の上には蛍光灯が明るく、白い紙のおもてがぼんやり光って、さっきまで机にむかっていた美子はいない。彼はガラスの蒸気を内側からふくことができないのを、残念に思った。目をおしつけてよく見ると、霧のような明りの中に、向うの窓に向いている美子の背中がみえる。こっちの窓のところへ来られたら大へんである。

しかし美子は、ふりむくと抱いていた黒い猫を椅子に置き、部屋の隅の次郎には見えないところで、着物を着かえているらしい。

『やっと寝てくれるんだな。しめしめ』

彼女は小さい刺繍のついたピンクのパジャマ姿で出て来た。次郎の目にも、この女のさびしそうな表情が少しわかった。

美子は天井の明りを消し、ガス・ストーヴの火を消した。指さきで髪をかるくなでながら、机の上をちょっとうつむいて見たが、結局机の上はそのままにした。蛍光灯の明りを一度消して、またつけた。つけたまま寝るつもりらしい。……彼女は次郎の位置からは見えにくいベッドに上った。上るときに一瞬ほの暗い空中にうかんだ白い足先がみえたのである。

『やれやれ、寝静まるまでは、もうちょっと待たなくちゃ。世話をやかせるアマだな、まったく』

彼は物干の上に大の字に寝た。酔がさめてきて、ひどく寒かったが、野天で寝ることも何とも思わない彼は、寒さ暑さに不思議なくらい動物的な抵抗力をもっていた。

初冬の星空は美しかった。

星がみんな角があって、それがひとつひとつナイフのようにかがやいている感じだった。大空いちめんの遠い無数の刃物……。

次郎にはロマンチックな素質というものがまるで欠けていたので、自分を露台で女の部屋へしのび込む隙《すき》をねらっている色男のように想像してみる気持はさらさらない。彼にはただ自分のなすべき仕事だけが、一本の直線のようにはっきりみえていた。

――もう大丈夫と思ったので、ガラス切りで窓ガラスを切る手なれた作業に従った。部屋へ入ると、ストーヴのなごりのあたたかさが快い。彼は机に近づいた。するとベッドの上から黒い猫がするりと下りて来て、青い目を光らせて、のびをすると、ついで大きな欠伸をした。

次郎は何かやるものはないかとポケットを探したが、マッチしかない。汚れた一本のマッチを、欠伸をした猫の口にほうり込んだら、飲み込んで、へんな顔をして、黙っている。

彼はかすかに光りの及ぶ美子の寝顔をうかがった。そのこめかみのほつれ毛は美しかった。

『これが兄貴の女でなかったらなあ』

次郎は音一つたてずに、机上の雑誌やデザイン帳をまとめ出した。

六

日曜日の朝、寝坊をしようと思っていた正は、夜が明けると間もなく、管理人に起されて、寝ぼけ声で不平を言った。

「こんな早く、何の用ですか」

「お客様です。昨日来た若い人です」

「えッ！」――正は半分起き上って、「かえして下さい。午《ひる》ごろ来いと言って下さい」

「朝っぱらから、どうもすみません」

勝手を知った次郎は、すでに部屋の外に立っていた。そして大きな平べったい風呂敷包みを抱えて、部屋の中へ入って来た。

正は仕方なしに万年床から立上って、雨戸のない縁側のカーテンを引きあけた。東南向きのその縁には、午後の日と同じように、朝日がおびただしく、なだれ込んで来る。

「何の用だね」

「ちょっとお人払いを」

様子をながめていた管理人が、腹を立てて、廊下をわざとスリッパの音をばたばたさせて、行ってしまった。

「昨日はどうも、あれからいろいろございまして、こいつを仕込んでまいりました。ええ、兄貴、これをお納め下さって」

彼は万年床にあぐらをかいている正の前へ、また風呂敷包みを、ずらしてさし出したが、風呂敷は破れた畳のへりに引っかかって、うまく進まなかったので、次郎はそれを器用な指先でちょいと外して、万年床の前まで送ってから、馬鹿丁寧なお辞儀をした。

正は何かうまいものでも入っているのかと思って、結び目をほどいたが、フランス語の流行雑誌やデザイン集の山のなかに、

YOSHIKO

とサインのあるスケッチ・ブックを見ると、

「お前、これをどこからもって来た」

「へえ」

「どこからだ」

「へえ……ベレニスから、ちょっと」

「馬鹿やろう！」

彼が大喝すると、両どなりの部屋から、

「うるさいぞ」

という声が、同時にした。正は目が怒って、顔じゅうが正義感に充血して、次郎に「外へ出ろ」と目じらせすると、跣《はだし》のまま、朝の小鳥の鳴きさわいでいる芝生の庭へとび出した。次郎がしょんぼりとこれにつづき、下駄をはこうとして、止して、あいた穴から親指の出た靴下のまま、朝日のまぶしい庭へ下りた。なんだかその親指まで、急にしょげている感じであった。

「念のためにきくが、泥棒したんだな」

「へえ、泥棒と言うと、語弊がありますが」

「言訳はよろしい」

次郎が次いでびっくりしたことには、いきなりなぐって来るかと思われた正が、寝巻のまま、ばさッと芝生に引っくりかえって、平手で草を打って、あざやかな受身をしたのである。

「受身だ。やってみろ」

次郎が真似をして、ばさッ、と倒れると、正は起き上るのを待っていて、

「いいか、受身を忘れるな、ソラッ」

次郎の体は、アッという間に右股から抱き込まれ、左手はグイと引かれて、正の両肩にかつぎ上げられると、正の体の前へ、荷物のように投げ出された。

七

……この肩車の大技が、正のお仕置だった。次郎は受身がうまく行かず、芝生の上に雑巾みたいにぐしゃっとなって、しばらく起き上れなかったが、座ったまま、涙をポロポロこぼして、

「兄貴、お仕置にかこつけて、稽古をつけて下さった御恩は一生忘れません」

「別にかこつけたわけじゃない」

「いえ、そうです。オレ、まったく親分の情の深さにはよォ……」

「親分はやめてくれ」——正はほうぼうの窓から見ている同僚の顔に気がつくと、

「……さあ、いいか。わかったら、もう悪いことはするな。あれをすっかりベレニスへ返しに行け」

「えッ、それはできません、兄貴」

「どうしてできない」

「サツへつき出されてしまいます、兄貴」

「つき出されても仕方があるまい」

「そればかりは、親分、どうか」

根住が朝露にぬれた芝生に、ズボンの膝をかしこまらせて、哀訴する格好を見ると、またかと思っても、正はこの十九の父親の赤ん坊の話を思い出して、ほろりとせざるをえない。

「よし、僕が返して来てやる」

「でも、親分……」

「安心しろ。貴様の名は出さん」

正が大股に部屋へ入ってゆくのを見送ると、次郎はしたりげに、大きな口のまわりを、舌でちらりとなめた。

——日曜の朝の銀座は、何か清浄な街である。朝八時からひらいている店は一つもなく、掃除人夫の箒《ほうき》のさわやかな音が、ところどころに止っている青い清掃車のあたりでしている。その立てる埃《ほこり》は朝の光りの中に舞っているが、埃までが清潔な感じがした。そして集められてゆく塵芥の中には、きいろく乾いたひろい落葉が多かった。

正はいそぎながら、パリの夜明けに、どこからともなく現われてくる牛乳車、大きなブリキの牛乳の鑵《かん》をいっぱいのせて挽馬《ばんば》が蹄《ひづめ》の音をひびかせて灰いろの町角から町角へ引いてゆく、あの牛乳車を思い出した。

彼はベレニス洋裁店の前に立った。飾窓もドアも、ガラスの内側から白い重い帳《とばり》を垂れていた。あまり森閑としているので、彼は美子がいないのではないかという不安な感じと、まだ盗難に気づかれていないという安心感を同時に持った。

ドアのそばに呼鈴を探したが、なかった。彼は戸をたたいた。戸はうすく内側へひらいたが、そこで止ってしまった。いつまでたたいても何の物音もしなかった。

正はきまりわるそうに周囲を見まわした。朝の町にその音はあまり朗らかに高くひびき、たまの行人をふりむかせたからである。思い直して、またたたいた。やっと中で、板裏草履が床を引きずる音がした。

「ちょっと待って下さい、そうたたかないで」

ふきげんな、痰のからむ老人の声である。

中へ入って、押問答で正は待たしてもらったが、美子はなかなか下りて来ず、小使はうさんくさそうに彼をじろじろ見た。

急に二階で美子のけたたましい声がした。

「泥棒が入ったわ！　大変よ、大変」

階段をけたたましい足音が下りて来て、出会頭に栗原正にぶつかった。

「何もかも盗られたの。どうしましょう」

栗原はだまって風呂敷包みをさし出し、美子はけげんそうにそれをほどいた。彼女はアッと叫んだ。

「まあ！　まるで手品だわ」

女ごころ

一

美子《よしこ》はふるえる手で、風呂敷包みを飾棚の上に置き、一枚一枚ていねいにしらべた。しらべおわると、安心して、すっかり疲れてしまって、客用の長椅子に深く身を沈めた。そのとき、はじめて、目の前に不器用に立っている正《ただし》の存在に気づいたのである。

それから彼女は、自分でピンクのパジャマの上に、ガウンを着ているだけであること、起き上ってベッドの上で顔を手鏡であらためただけであること、髪の毛にはまだいっぱい殺伐なクリップや後れ毛止めがくっついて重たいこと、そういうことを一瞬のあいだに意識した。奇妙な手品の種明かしをききたいという好奇心と、この意識とが、ちょっと戦って、すぐ後者が勝った。

「一寸《ちょっと》お待ちになってね」

彼女は顔を直すために二階へ駆け上った。

　すると、しめた窓から、クロがするりととび込んで来たので、ガラスの一枚がきれいに切り取られているのを発見した。考えれば考えるほど、彼女の頭はこんがらかって何が何だかわからなくなった。

『私、どうかしてるんじゃないかしら、夢でも見たんじゃないかしら』

……正が彼女の寝ている間にこの部屋へしのび込むなんてことがありえようか！

『盗ったのはたしかに泥棒なんだわ』

——正は階下でまた三十分も待たされていた。爺さんは根掘り葉掘り尋問したが、相手が黙秘権を行使しているので、猫なで声でこうきいた。

「やったのは、どうしても、あんたじゃないというんだね」

「そうです」

「もし白状しても、警察沙汰にはしないと、これだけ私の言ってる気持が、わかってもらえないかねえ」

　正は救いを求めるような目つきで、ときどき二階のほうを見上げた。かすかな物音が、女の化粧のこまごまとした煩雑で秘密な動作やむせるような匂いを想像させた。彼は美子の寝顔を見ただろう次郎をねたんだ。

『美子がさっき寝起きの顔を上気させて取り乱した様子は、別の美しさだったな』

——あの姿にはじめて親しみが感じられたのだ。

しかしやがて下りて来た美子は、いつもの人工的な美しさに冴《さ》えて、黒一色のジャケツとスカートがよく似合っていた。

「一体どうなすったの。お礼を申上げたくても、まだよくのみ込めないの」

「あなたが盗難に会われたことはたしかなんです。僕が犯人に代って、返しに上ったんです。犯人はどうか伏せておいてやって下さい」

「やっぱり、あなたに、ありがとうって申上げればいいのね」

彼女はやさしい気持になって、花瓶から白い菊の一輪をとって、正に近づいた。正は戸惑いして、後ずさりした。背広の襟のボタン穴に、彼女はすばやく菊をさして、

「勲章をあげましょう」

正は真赤になった。

『この人って不思議な人。泥棒と付合があるなんて、見直したわ』

少しも神秘をもたなかった正が、このときはじめて美子にとって神秘的な男にみえた。

「あなた、今日は一日おひま?」

二

正には朝十時から、東洋製鉄の若い社員で、講道館へあらたに入門した二三人に、講道館の道場で、稽古をつけてやる約束があったので、今はゆっくりしてはいられなかった。午後一時なら、と正は言った。二人はきょうのあたたかい晴れた日曜の散歩のために、お茶の水の駅前で待合わせた。

美子は、つまるところ、ガラス一枚の損害ですんだ事件だし、精神的損害はほんの数十秒ですんだのだし、むしろこの事件の神秘を大事にしておきたくなって、その場ではそれ以上、せんさく立てはしなかった。もう一眠りしたくなって、二階へ上り、急に寒さを感じてストーヴの火をつけた。朝の窓から見上げる空に、飛行機の爆音があった。

『旅のあいだの、小さな奇妙な事件のようだわ』

と彼女は思った。

そのとき、彼女の心に、昨晩から思いあぐねていたデザインのインスピレーションが勃然《ぼつぜん》として起った。

『あ、これだわ』

眠気はとび去り、美子は机にむかった。毛足の長い純白のフリースの半外套の襟を日本式にひろくとって、黒い幅ひろのベルトをつけた。単純ですっきりしたそのデザインは、栗原正の連想で、柔道着からの着想であった。

『ジュドー・ド・パリ』

それにつける名がすぐ思いうかんだ……。

――午後一時、美子がタクシーでお茶の水の駅に乗りつけると、正は駅前の人ごみの前に立って待っていた。それは一寸大柄な、体格のよいサラリーマンという風にしか見えなかった。

「一時間だけね。二時半までにはお店へかえっていないと、具合がわるいの」

「はあ」

「どこへ行きましょう、こんないい日に、屋根の下はいやね」

「はあ。近所に静かな、いいところがあります」

なかなか隅におけないな、と美子は買いかぶったが、橋をわたって、池袋へ通じる地下鉄工事で諸車通行止の坂道の途中を曲ると、うす紅い大きな門の前へ連れて来られたので、びっくりした。

「ここ、どこ？」

「聖堂です」

美子はその名をきいたこともなかった。

「つまり、孔子さまの廟《びょう》です」

「あの、孔子さまのね」

門を入ると、人影はまるでなく、静かな前庭の一隅の、筵《むしろ》の上にトウモロコシのきいろい実がいっぱい干してある。新らしい筵のいろと、その実のいろとが、暗い木立を背景に、大そう新鮮だった。

「こんなところに、こんな静かなところがあるの、知らなかったわ」

「いつか、講道館のM先生につれて来ていただいたんです」

ゆるやかなひろい石段の右には糸杉や木斛《もっこく》の低い生垣が、左には電車通りに接した土塀があった。入徳門、という金字の扁額《へんがく》をかけた黒いいかめしい門をくぐりかけてふりかえると、すぐむこうにニコライ堂の緑の円屋根が、さえた冬空を切り抜いてうかんでいた。

三

入徳門内にも人影はまるでなかった。槐《えんじゅ》や椎の黒ずんだ緑の中にそそり立つ第二の黒い門、「杏壇《きょうだん》」へむかって、日向《ひなた》をよって、石段をのぼりながら、

「今朝の勲章はどうなさった？」

「勲章ですか。ここにもってます」

栗原正は、合の外套のポケットの両方に手をつっこんで、真剣な顔つきで立止ったが、やがて右手のほうが、しなびた白い菊の一輪をとりだした。それをわざとらしく紙なんかに包まずに、無造作にしまいわすれていた風なのがよかった。

杏壇門の内部に孔子を祀《まつ》った大成殿が、黒い回廊をめぐらしたひっそりした石敷きの内庭にむかっていたが、そこに来て二人が見上げる空には、青くさびた屋根の頂きの、虎や鶏に似た青銅の怪物が、身を怒らせていないでいるさまがながめられた。

正は扉をとざした大成殿の前に立って、拍手《かしわで》を打って拝んだ。その拍手はすがすがしく内庭に反響したが、美子は孔子様にむかって拍手を打つのも変なら、麗々しく賽銭箱がすえてあるのも変だなと思った。

「どこか座るところがないのかしら」

「なるほど。設備が不備ですな」

仕方がないので、二人は回廊につみかさねてある材木の上へ腰かけた。女のためにハンカチを敷いてやることに正は気がつかなかったので、美子が腰を下ろすのをためらっていると、急に気がついて、合オーバアをぬぎ、闘牛士のようにそれを派手にさばいて、材木の上にひろげた。オーバアから日向の中へ散る埃《ほこり》をみて、美子はブラシをかけてあげる人がいないのだな、と気の毒に思った。

「この間は、変なお話になって、パリのことなんか、ゆっくりお話できなかったわね。パリの柔道の試合のお話、うかがいたいわ」

「はあ、試合の会場は、この春、醍醐六段が十人掛をなさった会場と同じ会場で、僕は光栄に思いました。パレ・デ・スポールとかいうところです」

「どこにありますの」

「何て言うところかなあ」と頭をかいて、「……忘れました」

「ちゃんと畳が敷いてありまして？」

「いや、それが実に困ったんです。高さ五尺に七米《メートル》四方のマットをつみかさね、この上にカンバスをピンと張ったのが、試合場なんです。さらに審判上、場内場外の別を赤線でもってその中に作りましたから、せまくて、勝手がちがって、かなわんです」

「あちらでは、柔道家はもてて大変でしょう」

「いやあ、……そんなこともないです」

美子はそれ以上追究しないで、内庭の石畳に下りたった二三羽の鳩に目を移した。鳩はしさいらしく歩きまわり、石をつつく喙《くちばし》の固いまめな音をさせた。

「今度、むこうの試合の写真集をお目にかけましょう」――ひどく気楽な声で、正が言った。

『……好きになりかけると、決ってこの人ったら、余計なことを言い出すんだわ』

美子は立上って、一人で杏壇のところから、入徳門のすぐ上に見えるニコライ堂の屋根や、聖橋《ひじりばし》の上のにぎやかな車馬のゆききをながめた。その橋にたたずんでいる人の姿に、美子は、あっ、と小さく叫んだ。

四

聖橋の上に、無帽の紳士が、人待ち顔に立っている。あたりを見まわして、ときどき橋の上を、あちらへ行きこちらへ行きさする。手にはステッキをたずさえ、白髪は初冬の日光に銀いろにかがやいて波打っている。目のよくきく美子には、すぐ金杉とわかった。

『どうしてあんなところに立っているんだろう』

決して偶然というものを信じない美子は、たまたま金杉が他の女を待っている場所だとは思えない。きっと小使の爺さんからきいて、美子をつけて来たにちがいない。

そう考えると、美子に軽い怒りがこみあげた。

『私は囲われ者同様だ。私は監視されていなければならないんだわ』

彼女は自分一人ですぐ金杉の前へあらわれて、鼻をあかしてやりたい衝動を感じた。

そのとき聖橋の上を、高射砲らしいものにズックのおおいをかぶせた駐留軍の巨大な牽引車がとおったので、その鈍重な地ひびきはここまでもつたわった。車の上に立っている一人の兵士の襟章らしいものが、遠目に光った……。

「何を見ているんですか」

正も立って、そばへ寄って来た。

「何でもないの……」

「でも、何だかあるようですな」

正にもそのくらいはカンでわかった。美子にしてみれば、一つ嘘をつくと、嘘は次々と論理的に重なって来ざるをえない。

「ううん。うちの父があの橋の上にいるのよ。あたくしのあとをつけて来たの」

「お父さんが」——と正は顔に喜色をみなぎらせて、「ぜひ、僕を紹介して下さい。孔子さまの廟に来ると、あなたのお父さんに会うなんて、何かの縁ですね」

「それは駄目なの」——美子は軽く目をつぶったが、その手は自分でも気づかずに、正の胸もとにだらんと下っている、あまり趣味のよくないネクタイをいじっていた。

「……父はね。私を監視してるの。この間お話した悪い男ね、それがすっかり父を丸め込んで、父のほうでも私がほかの男の人と付合わないように、しじゅう目を光らすようになったのよ。御紹介するなんて、とんでもないわ」

「そうですか」

正のさびしそうな顔が、すばらしく美子の気に入った。その表情を真似ようとするように、彼女はさびしげな口調で言った。

「ごめんなさいね。私には自由というものがないの。その代りに、そう、明日から私、蒲郡《がまごおり》へ行くんだけど」──そこで美子はなかなかのサービスをした。「……かえったら、あなたのところへお電話するわ。今度はうまく時間をつくって、ゆっくりお目にかかれるわ。電話は、お名刺のところでいいのね」

「ええ、それから寮のも」

正は子供らしい下手な字で、寮の電話番号を書き入れた別の名刺をさし出した。

「じゃあ、三四日のちに」

「三四日ですね。待っています」

──橋の上で待っていた金杉は、一人で坂を上ってやって来る美子の姿におどろいた。

「どこへ行っていたの」
「孔子さまの廟《びょう》へおまいりに」
「へえ」――金杉は白い髭《ひげ》の下で溜息をして、
「孔子さまの着物のデザインは何かいいヒントになったかね」

雨中雨後

一

大分前から、ショウの準備がひととおり片づき次第、旅へ出ようと言っていた金杉は、蒲郡《がまごおり》のホテルを予約したが、週末にまだ仕事がのこっていたので、月曜から二三日行くことになった。

十一月もいつの間にか下旬に入っていた。あたたかい日と、ひどく寒い日が、交代にあった。美子《よしこ》はまだ気が立っていて、外遊の疲れがはっきり体にこたえなかったが、疲れが来ないはずは決してないので、棚から花瓶がおっこちてくるように、いつふいに疲れが頭へおちかかってくるかわからないのは、かえって不安なものである。

蒲郡へ行くには東京を朝九時半に出る佐世保行の特殊列車があった。それは大阪行の日本人向三等車数両と、主に駐留軍向の佐世保行二等車数両を連結した妙な列車で、ある一両には無電の機械も積まれ、何となく二三年前の進駐軍列車を思わせて、日本人にはやや場ちがいの感があるので、そのせいか金杉と美子の指定の二等車は、外人半分日本人半分で、二人で向い合わせの座席を十分占領できるほど空いていた。

東京駅へは女店員の代表の桃子が一人と、笠田夫人が見送りに来ていた。雨の朝を御苦労様にも、ついでがあるからという口実で、スカンクの外套姿で見送りに来たのである。

「雨でほんとうに残念ね。大丈夫よ、でも、あしたはきっといいお天気だから」

彼女は中央気象台を買収してきたようなことを言った。発車がもう二三分というところで、窓から首をつっこんで、役にも立たない話をした。

「きのう、あたし、おどろいちまった。遠縁のお役人で、異物嗜《し》好《こう》症の人の話をきいたの。蜜柑の袋をたべる人は、たまにあるでしょう。その人は、もちろん、袋はたべちゃうの。それから皮もたべちゃうの。それでも足りなくて、箱をたべちゃうの。まだ足りなくて縄もたべちゃうの。その次に何をたべると思って？　荷札をたべるんですって」

「なるほどね」と金杉はすこしもてあましながら、「そういうお役人なら、汚職事件に引っかかりっこありませんな。何しろ証拠がのこりませんからな」

発車の汽笛が鳴った。笠田夫人は、車ががたんと一ゆれすると、効果的に小さい

贈物の包みを車内へ放り込んだ。美子が黒のカシミヤの手袋に、小気味よくこの直球をうけとめて、

「何でしょう」

出てきたのは、なんと床まき香水で、金杉は年がいもなく少し赤くなった。

……やがて窓外には、十一月の黄いろい田園がひろがった。とり入れはあらかた終り、障害物競走の障害のような稲架《はざ》の柵は、田をめぐって、濁った田水に鮮明な影を落していた。

止らずにすぎるとある小駅の構内には、積まれた材木が、ぬれてあざやかな色を放っていた。しっとりとした屋根瓦の黒、灰いろの空、うなだれた竹藪、などの沈んだ景色のなかに、ところどころの川のあふれる濁流ばかりが、気味のわるいほどいきいきしていた。

美子は一瞬、山のはざまに、人一人とおらない小路のむこうに、孤独な水門の姿を見た。小さな水門はひっそりと水をせいて、たたずんでいた。

「そろそろ食堂車へ出るかね。もうお午《ひる》だ」

金杉がそう言った。やがて静岡だった。

二

駅には蒲郡ホテルの車が迎えに出ていた。五分ほどで丘の上のホテルに二人は着いた。

金杉の予約した三十六号室は、北に五井山を背にして、南西にバルコニイをめぐらしていた。桃山風の建築のバルコニイの擬宝珠《ぎぼし》勾欄《こうらん》は雨に打たれて、西のかた、蒲郡の町と港を抱いておぼめいている西浦半島や、南の海岸に橋で結ばれた弁天を祀る竹島などの、薄墨《うすずみ》の風景を区切っていた。

女中が出てゆくと、美子は、薪のもえているべき場所に一鉢の赤いゼラニュウムが置いてある大理石のマンテルピースにもたれて、

「こんな静かなところだと思わなかったわ」

「静かなのはいやかね」

「あたくしって、子供なのね。ガチャガチャしていないと、おちつけないの」

事実、旅先で美子の目がいっそううるんで活々しているのを、金杉は身を沈めたソファからまぶしそうに見上げた。

美子は、それから、カシミヤの黒い手袋をぬいで、春慶塗のあめいろの小机の上

に置いた。ぬぎすてられた手袋は、あめいろの漆のおもてに映った。

彼女はバルコニィへ出た。

深くさし出した屋根のひさしの下なら、雨がかからないのに、ぬれた勾欄によって、町と港の風景を見下ろした。

黒ずんだ単調な町のなかに、雨ににじんだ黒い煙を緩慢に上げている二三の工場があった。この織物の都会の、染色工場の煙であろう。さもなければ油脂会社のそれであろう。漁船や九州からの石炭船の泊る港の防波堤の中には、今日は二三の小舟のほか、一艘も見えなかった。その静かな灰色の海面は、ちょうど休日の学校の運動場のように落莫《らくばく》としていた。

――美子が部屋へ帰ってくると、

「どうしたんだね。傘もささないで雨の中へ出たりして」

金杉が大きな白いハンケチで、彼女のミンクの外套の肩をふいた。

「自分でお買いになったものは大事になさるのね」

金杉は何を言われても黙って、ニヤニヤしながら、せっせとぬれた毛皮をふいた。ふいにうしろから女を抱いて、首すじに接吻した。金杉は毛皮の上から女を抱くのが好きだった。野蛮で贅沢な快楽のにおいがあった。

二時間ほどたって、風呂から上った二人が、着換えをすませて、部屋の外のサン・ルームにおちつくと、すでに短日の風景は暮色に包まれ、竹島へ通じる四百米《メートル》におよぶ竹島橋は、暮れた海のなかに、直線にのびている二列の灯をともしていた。

「こりゃ晴れそうもないね」

「そのほうがあなたはいいんでしょう」

「とんだりはねたりする年じゃないからな」

金杉はいつも自分の年のことを美子から先に言われないように用心していて、先まわりに言うのである。

たのんでおいた食事の時間にはまだ間があった。

「ホテルの中を見物して歩きましょうか」

――二人がエレヴェータアでロビイへ下りると、「あら」と美子はロビイの方を見て立ちすくんだ。

三

「だれだね」

「昔のお友だちなの」

実は美子はそしらぬ顔をしようと思ったのだが、丁度新聞を読みおわって、それを新聞掛へ掛けに立ったその男が、こちらをふり向いたときにまともに目が合うと、そのままつかつかと、厚い緋の絨緞《じゅうたん》の上を大股に近づいて来たのである。

「やあ、しばらく。ずいぶん垢抜けしたもんだね、ヨシ坊。フランスから帰ったのは何かの雑誌で読んだよ」

美子はひきつったような顔をしたが、自分よりも一そう気まずそうなかたわらの金杉の表情に気がついて、つとめて如才なく、

「こちら、金杉」――とわざと呼捨てにして、

「こちら青々会の阪本画伯」

と紹介したが、声がなんとなく、いつもと別なところから出てくるようであった。

それでも、こういう時にはなおさら紳士ぶりを発揮したがる金杉は、

「お名前はかねがね」

なんぞと言った。そして紳士風の自虐性をますます露骨にして、自分から先に立って、すでにきらびやかに灯をともしたロビイの椅子のほうへ歩きながら、

「こちらへは？　お仕事ですか？」

「いや」と阪本は、フランス風の紺の色シャツの目立つ胸もとから、名刺を出して、金杉と交換すると、「実は今度名古屋に新築されたグランド・ホテルの壁画をたの

まれましてね。やっと出来上ったんで、疲れ休めにきのうから、ここへまいりました。この雨ではスケッチもできませんな」——そして、ホテルのボーイの居る前で大声で、「もっともスケッチのしようもないつまらない景色ですがね」

三人が落ちつくと、金杉は阪本の注文もきいて、自分の分と二人前のドライ・マルチーニと、美子ののむスロウ・ジンをたのんだ。

ここにいたって、美子には、

『ははあ、金杉は、この男から私の過去をさぐりだそうというつもりだな』

と合点が行った。

カクテルが運ばれる。

阪本は不遜な手つきで、金杉の名刺をもう一度引張り出して、いかにも興味のなさそうに、それを引っくり返して見ながら、

「近ごろお仕事のほうは、景気はどうです」

「一向いけませんな」——金杉はいつも至極たのしそうに、『もういけません』とか、『首つりの好機ですな』とか、『何もかもおしまいですよ』とか、言うくせがあった。「絹がいいの、毛がもりかえしたの、何のかのというけれど、何といっても本家本元の綿《めん》が御承知のようなわけで、とにかくみんな、結局、相乗りなんだから、いいわけがないじゃありませんか。貿易はカラ駄目、内地でさばかねばならず、当

節はお客様も利巧だから、もうこのへんは先様御承知で、買占めどころか、すっかりこちとらの内兜《うちかぶと》を見すかされているわけですよ」

美子は黙って二人を見比べた。阪本のひろすぎるほどひろい冷酷な額を見、カクテル・グラスをもっている彼のぎっちょの左手を見た。ふいに栗原正《ただし》についた嘘、例の「悪い男」に関する嘘を思い出した。

『ああ、この人が丁度ピッタリだわ』

四

あくる朝は快晴だった。温度も急に上り、そのためにかえって、一年に二三度見えるという伊勢のながめはおろか、水平線を左右から擁している知多半島と渥美《あつみ》半島も、絵巻の雲のように模糊《もこ》としていた。

二人の旅は台なしになった。というのは、阪本が持前の図々しさで、美子につきまとって離れないので、部屋を一歩外へ出れば、三人が共同で動くことになるのであったが、阪本のソロバンには、積極的に厭な顔を出来ない金杉の性格も、旅の無《ぶ》聊《りょう》をなぐさめる阪本自身の不思議な軽妙な才能もちゃんと入っているばかりか、一方、美子の心証をよくするために、金杉がどんなに誘導尋問を試みても、自分もその一人として加わった美子の過去については、一言半句口を割ろうとしなかった。

午食をすませると、美子が、

「竹島へ行ってみない」

と言い出したので、男二人は異口同音に賛成した。すでに守勢に立った金杉には、美子を三十秒でもこの男と二人きりにしておかないことのほうが、急務だったのである。ところで部屋の中では、金杉は安心していた。きのう一寸《ちよつと》の間に美子はこっそりエハガキを書き、それを栗原正へ出したのであったが……。

金杉はステッキを、阪本はスケッチ・ブックを手に、美子を央《なか》にして、海に架せられた竹島橋をのどかに渡った。

海はおだやかである。初冬の海の色は美しく、イヌビワとかクサギとかイヌグスとかの古い常磐木《ときわぎ》の多い弁天島の影を、おちついた納戸いろに映していた。橋のつきるところに、それにまたがった石の鳥居があり、そこから弁天宮にいたる都合百段の石段がはじまっていた。

美子は先に立つ金杉のさし出すステッキの一端につかまって、わざと難儀な様子をしてエッチラオッチラ登ったが、しらない間に美子の後になって登って来る阪本が、スカートのお尻を、

「エイッ」

と押し上げたので、急にステッキが軽くなった金杉は、ふりむいて、この体《てい》にびっくりして、落ちそうになった。

登り切った三人は、ひっそりかんとした弁天様の社の前をとおって、危なっかしい石段の下に石灯籠のある、海へ突出した見晴らしのいい場所へ来て、立止った。

「まあ、いい景色」

「あんたは景色にまでお世辞がいいね」と阪本。

「この人の言うことなら全部本気にするのが、僕の病気なのでね」と金杉。

水平線上のながめはおぼろげでも、東にのびている岬はあざやかに見え、弘法山《こうぼうさん》頂の錫杖《しゃくじょう》をつき子供を抱いた子安弘法の高い石像が、不思議な人影のように遠望された。

「そろそろ東京が恋しくなったわ」

「わがままな奥さんですな」

金杉が、

「阪本さん、ここは絵になりませんかね」

「御邪魔だったら、少しおとなしくなりましょう」

彼は松の根方に腰を下ろして、スケッチ・ブックを膝にひろげた。

金杉は美子をわきへみちびいて、小声で、

「あの人はいつ東京へかえるのかね」

「知らないわ。私が知るわけがないじゃないの」

五

これほど金杉が気をつかっているのに、計らずも美子と阪本が、二人きりになる機会があった。

明る日も晴れたなごやかな日で、午前中、今朝はまだ音沙汰のない阪本の邪魔が入らずに、金杉は美子とホテルの庭を散歩ができた。一ト《ト》めぐりして、卅六号室《さんじゅうろく》の西向きのバルコニイから見おろされる裏庭のところまで来ると、ボーイが金杉を呼びに来て、東京からの長距離電話を告げたのである。商用の電話であった。金杉は美子をのこしてホテルへかえった。

美子は一人になった。そこの小高い築山の上へ登ると、花のない睡蓮をうかべた扇形の池をめぐって、冬のさびしい花壇があった。花といっては小さい冬薔薇ばかりで、葉ばかりのドイツ薊《あざみ》や竜胆《りんどう》のかたわらに、紅や黄に色づいているのは、アキランサスという低い草の葉だった。

花壇にむかって、二棟の温室があたたかい日ざしをまともに浴びて、そのガラスに青空と雲を映していた。大きいほうの一棟には、熱帯植物ばかりが育てられているらしかった。ドアは容易にあいたので、美子は入った。

ゴムの木がつややかな固い葉をのばし、クリスマスにそなえて、鉢植のおびただしい猩々草《しょうじょうそう》が、まだあの鮮やかな緋色には程遠い薄い茜《あかね》いろと黄いろに染っていた。

美子はふと、温室の中にただよっているパイプ煙草の強いにおいをかいだ。

「やあ、よく僕のいるところがわかったね」

ケンチャヤシの植木鉢のそばの籐椅子《とういす》から、阪本が今まで見ていた画集を膝に伏せて、顔をあげた。

美子はドキリとしたが、すぐ、ドキリとするいわれなんぞないのだ、と考えた。

阪本はそばのもう一つの椅子をすすめた。

「やっと二人きりになれたな」

彼は毛むくじゃらな手で、椅子の肘掛《ひじかけ》においた美子の手の甲を軽くたたいた。

美子は辛辣《しんらつ》な返事をしなかった。彼の自信ありげな目つきを見たとき、彼女のたくらみがとっさに形を成したのである。

『この人の弱点は、テコでも動かないうぬぼれだわ。例の正さんについた嘘の人物、私を追いかけている悪い男の役割を、この人自身それと気づかずに演じてしまうように、誘導してやろう。私をまた追っかけさせてみよう。危ないところまで誘っておいて、むかし私が会ったのと同じひどい目に会わせてやるわ。当然の復讐だもの』

「東京で今度ゆっくり会おうよ」

『そうら、来た』

「ええ、……ひるま、お店へ電話をかけて」

「何番？」

画家は画集の裏表紙のはしに、5Bの鉛筆で、番号のメモをとった。

「本当に、君、垢抜けたよ。あんまり垢抜けてモデルになりゃしない。モデルにはならないが……」

「何になるの？」

「実物になるさ」

あっ、というまに、派手な杉綾《すぎあや》の上着の袖が、美子の首にかかって、唇がふさがれた。

「いやな人ね」――美子は身軽に立上って、さて、温室を出て、ホテルのほうへ歩いてゆくと、都合よく金杉はフロントの電話口で、まだ何通話目かの商用の電話に熱中していた。

夕富士

一

美子《よしこ》からのエハガキが正《ただし》の寮にとどいた。文面は簡単だったが、十分好意を以て書かれていた。

「今、パパはおひるねなの。その間にコッソリ、このハガキを書きます。蒲郡《がまごおり》ははじめてですが、静かで、このエハガキほどではないけれど、よい景色です。こんな静かなところへ来て、はじめて外国旅行の疲れが出ました。でもやっぱり日本はいいわね。行きの汽車では、雨で、富士が見えないのが残念でした。東京では見えまして?」

美子はよほど機知を抑えて、こういう可も不可もない文章を書いたのである。

正は女から手紙をもらっても、あんまり感情の波立ったおぼえがなく、ヌーッとした気持でいるのが常だったが、今度ばかりは少なからず有頂天になった。しかしこの有頂天には大した理由はなく、さすがの彼自身もそれに気がついて、ハガキをしさいに点検したが、なるほど彼を好い気にさせてくれるような文句は一つもなかった。強いていえば、富士山の一行に、一寸《ちよつと》した余情があったが……。その日も会社で、彼は何度かエハガキを入れた内ポケットにさわってみたが、その固い紙の感じは、すぐ手にふれてたのもしかった。しかしそのために、目ざといオールドミスのタイピストから、

「栗原さん、おかしいのねえ、どうしてそんなに胸が痛むの」

とからかわれた。

会社がひけると、久しぶりに講道館へ稽古に行った。

日が暮れかけていたので、道場の天井から左右四つずつ下っている電灯が、おしあいへしあいしている三百人ほどの人たちをどんよりと照らしていた。そしてこの稽古場を見下ろして、二階の観覧席が三方をとりまいていた。

黒帯、白帯、六段以上の紅白の帯、それらが入りみだれて組み合っている動きは、大乱闘の場のような壮観で、掛声は天井にひびき、大掃除でほうぼうの家で一斉に畳をたたいているような受身の音が、たえまなくひびいていた。

十代の学生が多かったが、組合せは種々雑多で、山羊《やぎ》鬚《ひげ》の六十歳の六段が、十七八の子供に稽古をつけていたり、七十歳の禿《はげ》あたまが、若い巨漢を見事に投げたりしていたが、ここには冬の寒さもいじけた気分もなく、汗と吐く息のあつさで、

濛々していた。

栗原正は柔道着に着かえて出てくると、

「おねがいします」

と一人の学生に頭を下げられて組み合った。そのときふと仰いだ二階の観覧席の最前列に、どうして忍び込んだものか、根住次郎が熱心にうつむいて稽古を見ているのが目にとまった。

二

稽古の合間合間に、正は二階の次郎をちらりと見上げたが、ジャンパアの両腕を手すりにかけて、それに頤《あご》をうずめた姿勢を動かさない次郎が、どうにも気になって仕方がない。

はじめ正は腹が立って、よそながらにらみつけてやった。

『図々しいやつだ。こんなところへまでもぐり込みやがって。ときどき道場で物がなくなるのは、あいつの仕業かもしれない』

しかし日がまったく暮れて、天井のガラス窓が黒くなり、一階の窓からは行交う自動車のヘッドライトが水道橋駅前の暗い街路にしげくなるのが見られると、一心に稽古を見下ろしている次郎の暗い姿が、妙に殊勝げに、哀れっぽく見えて来た。

『あいつ腹を空かしているにちがいない。稽古がすんでも、まだあのままでいたら、声をかけてやろう』

一時間あまりの稽古をすませて、正が背広に着かえて、又道場へ出てみると、次郎の姿は同じところにあった。正は階段を上って、放課後の学生たちが大ぜい見物している観覧席を縫った。

突然、グローヴほどもある掌で肩をたたかれた次郎は、

「あっ」

と言ってふりむいたが、それが正であると知ると、早速なれなれしい微笑をうかべた。

「さっきから兄貴の稽古を見物させてもらいました」

「どうしてここへ入れたんだ」

「へえ、学生さんたちのあとをついて、何となく」

「仕様がないやつだ。僕はもうかえる。一緒に出よう」

次郎はおとなしく、正について講道館の建物を出たが、

「あの、あそこで柔道を習うわけにいかないでしょうか」

「だめだな。入門書を出して、ちゃんと保証人が立たなくちゃあ。お前のようなう

しろ暗いことをしているうちは、望みがないな」

「もう決してしませんから」

「わからんぞ。ちゃんと約束しておいて、この間のようなことを又やらかすからな」

「だって、あれは……」

次郎は弁解しようと思って、やめた。

二人はうそ寒い夜の町を、駅をとおりすぎて歩いていたが、ふいに正がこう言った。

「腹が空いているだろう。中華そばを食おう」

「えっ、兄貴、御ちそうになっちゃ、すみません」

「つまらん遠慮をするな。人の家へことわりなしに上り込む奴が」

「兄貴、それを言われるとよォ」

一軒の中華そばの店が、暗い町なかにけばけばしい看板と扉を灯に浮き出していた。正は青い竜のハンドルをつかんで扉を押すと、

「さあ、入れ」

店の中のビニールのテーブル掛に向っている客は二三人で、虞美人《ぐびじん》か何かを画いた大きな俗な歴史画の複製がかかっている壁は、やかましい流行歌のレコードの音

を反響させていた。

「何にする？　僕と同じチャーシューメンでいいか？」

三

次郎は正がこの間のことを怒っていやしないかとヒヤヒヤしていたが、もっともあれは全く正に忠勤をはげんでしたことで、うしろめたいことはこれっぽっちもなかったから、正のこのやさしい一言に会うと、すっかり安心した。次郎は、さかんな湯気をたてて、二つのどんぶりがはこばれる。

「いただきます」

と言って、肩をしぼめて箸を割り、すてきな音を立ててそばをすすり出したが、湯気の中から正の顔をうかがうと、これも無邪気に食欲に熱中していた。

次郎はまたたくまに平らげる。ズボンのポケットから、きれいにたたんだ新聞紙を出してハナをかむ。それから、物をためこむ動物のような習性を発揮して、自分の使った箸の先をていねいになめて、それをのこりの新聞紙でくるりと巻いて、ジャンパアのポケットへさした。

正はたべおわると、次郎のどんぶりのまわりに箸が見当らないのにびっくりした。

「兄貴、あれからのベレニスの顚末《てんまつ》はどうでした」

「ふん」

正の大まかな幸福そうな表情を、世なれた十九歳の目は見のがさなかった。

「おれがよォ、手柄を立てたら子分にしてくれるんでしょう、兄貴」

「ばかをいうな」

正は怖い顔をした。「恋しい、恋しい、恋しい……」とレコードの流行歌がどもりはじめ、ずいぶん長いことしてから、太った女の子がだるそうに出て来て、針をこの循環運動から救い出した。

「お前は本当に柔道好きなのか」

「へえ、本当に好きです。心から」

「もう決して悪いことをせんと約束するか」

「へえ、アイ・スウェアー」

どこでおぼえて来たのか、次郎は片手の掌を相手へむけて、アメリカ流の宣誓をした。

「よし、そんなら稽古をつけてやろう」

「えっ！　本当ですか、兄貴」

「あした五時に、呉服橋の鉄鋼会館の僕の会社の道場へ来い。あそこなら自由がきくから、お前を甥《おい》かなんかということにしてやる。しかし、今度悪いことしたら、すぐその場で破門だぞ」

正はこの少年を柔道で真人間にきたえ直すという、いささか彼に似合わない教育家的空想をした。

「へえ、もう決してやりません。うれしいなあ、兄貴、本当ですか。夢を見てるようだ。へん、あんまりうれしくって、泣けてくらあ」

「いいか、柔道をおぼえて、悪い仲間に幅を利かそうなんて心掛じゃないだろうな」

「そんなことは、決して、もう」

次郎は有頂天になって、ペコペコお辞儀ばかりしていたが、それから急におしゃべりになって、何を思ったか、こんな話をした。

「きょうは一寸《ちょつと》赤坂の方へ行って、それからよォ、講道館へ来たんだけど、赤坂の区役所のところでよォ、すてきにはっきり富士山が見えましたよ。電車道路の渋谷の方角が、杏《あんず》いろの夕やけで、その果てによォ、富士山が、何ていうのかね、鼠いろに青いようないろで、エハガキの絵のようにうかんでいたんです。あれはちょっと見ものだったねえ」

正は黙っていたが、このとき彼があのエハガキの一行を思いうかべていたことは、疑うに足りなかった。

よからぬ男

一

ずうずうしい阪本画伯が、一緒の汽車でかえろうと言い出さないかと美子《よしこ》はひやひやしていたが、さすがにそれはしなかった。彼は美子たちのかえる前日に東京へかえった。あくる日は三度もベレニス洋裁店へ電話をかけてよこしたが、三度とも美子はいない。かえるとまっすぐ新宿の家へかえって、その日は店を休んだからである。

次の日の午後、美子が店へ出ると、桃子が、

「阪本さんって方から、きのうと今朝と、合計五回お電話がございました」

と言った。

「そう」

「へんな方ですわね。私が出たら、私の声をとてもいい、ってほめるんですよ」

「そういう人なのよ」

そこへまた電話がかかって来た。美子は白く塗った卓上電話の受話器を手ずからとったが、

「ええ……ええ、あたくし」

というと、桃子へ片目をつぶってみせた。

「……電話をたくさんありがとう。五つも頂いて、よかったの？　悪いわねえ。……今晩ですって？　私に会いたい？　会ってどうするの？　そこまできかなくってもいい、ですって？……」

——美子は横目でちらりと店内をながめまわした。丁度客が一人もいなかったので、何をしゃべっても差支えがない。飾窓を透かして見る午後の御幸《みゆき》通りは、さむざむとした薄曇りで、派手な悪趣味な緑いろの外套を着た女が、飾窓の前にちょっと立止ったのは、窓の中をのぞくためではなくて、丁度黒のベルベット地の見本がそのガラスに鏡の作用をさせていたので、自分の顔をのぞいて行ったのである。

美子は上の空の電話口で、一瞬、

『まあ、狐みたいな顔の女だわ』

と思った。

「……どうしても今夜？　わがままね、いくつになっても。……そうね、今夜は……」

そこまで言いしぶって、とっさのたくらみがうかんだ。

「……今夜、あたくし、一寸《ちよつと》約束があるの。ううん、あんまりうれしくない約束、……ええ、そっちはうまくすっぽかすわ。……すっぽかせるかどうか、やってみるわ。……そうね、……七時半でいいこと？　店でお待ちしてるわ。八時で丁度店が閉まるの。……金杉？……金杉は今夜は宴会。……ええ、大丈夫。……それじゃあ七時半ね」

その電話がおわると、ちょっとハンドバッグをとってちょうだい、と美子は言い、その中からマッチ箱ほどの赤いモロッコ革の手帳を出して、赤い爪でぱらぱらと繰って、鉄鋼会館の正《ただし》の電話番号を探した。

「……正さん？　あたくし、かえってよ」と美子の声は別人のように変った。女が、よく思われたいと思うときに出す特別製の声である。「……エハガキ着きまして？　富士山ごらんになった？……かえりの富士山はとてもよく見えたのよ。行きは駄目だった。だって雨ですもの、行きは。……柔道いかが？……そう、面白そうね。あたくしも習いたいわ。駄目？……そう……あら、そう？……ええ、そうね、今夜ならいいわ。八時がいいわ。お店がしまるのが八時なのよ」

二

二つの電話をきくともなしにききくらべていた桃子は、何か女主人から腹心としての相談をもちかけられることを期待している表情で、美子のそばへ寄った。

「きいていた？」

と美子は明るい、他意のない微笑をうかべた。

「いいえ、ちっとも」

「いいのよ。きかれて困る電話なら、ここではかけないわ。……それで、今晩、もしかしたら、あなたに御相伴をたのむかもしれなくてよ。男の人二人と、御飯をたべたり、ダンスをしたりしに」

「まあ、うれしい。私、この間作った洋服着て行きますわ」

「お家《うち》のほうは今日はおそくなってもいいの？」

「ええ、大丈夫」

すると、桃子の前の美子の目がちらりと戸口のほうを見たかと思うと、顔の表情が見事にかわって、お客を迎える洋裁店のマダムのにこやかで優雅な表情になった。

手袋をぬいだりはめたりするほど楽に、内輪の顔とよそゆきの顔をとりかえられる美子の才能を、ゆくゆくは洋裁店のマダムになろうと思っている桃子は、うらやましく仰ぎ見ずにはいられない。

「何ぼんやりしているの。お客様よ」

そばをすりぬけてゆく金杉派の奈々子が、つんと横顔を見せて、桃子の肘《ひじ》をつついて行った。

――午後七時半。

五六分すぎて阪本が入って来た。派手なキャメルの外套と、緑いろのネクタイと、変り型の眼鏡と、ダンヒルのパイプと、一分の隙《すき》もないという格好だが、身についた画かきの風格は、そういう多少キザな服装をも、簡素なデッサンのようにさらりとした筆触で着こなしていた。

「やあ、こんばんは」

面と向うと、まるで五度も電話をかけたしつこさは置き忘れてきたように、旧知の淡々とした態度であった。

美子はこの男ののほほんとした顔を見ると、にわかに闘志がわき上ってきて、引きずるだけ引きずって昔の復讐をしてやろうという、一種の情熱の擒《とりこ》となった。

『まず手はじめには、年とった金杉相手なんぞではない嫉妬心を、この人に起させてやろう』

「前からの今夜の約束は、どうしてもすっぽかせなくなっちゃったの。ごめんなさいね」

「へえ、今夜は無駄足か」

「いいのよ。あたくし、あなたのことを許婚《いいなずけ》だって説明しておいたから。フランスへ行ったのも、あなたのおかげだってことにしてあるの」

「へえ、それで金杉のおやじのほうは」

「あれは私の正真正銘のパパ」

「やれやれ、それで、どんな男なんだ」

「大男で柔道五段よ。あたくし、ほとほと手を焼いてるの」

「御相伴はごめんだな」

「いいのよ。その人には桃子をパートナアにするから。今夜はみんな私のおごりよ」

　話の最中に、時間よりも早く、正が派手な店の入口をきまりわるそうに太い体を細く見せて入って来た。

三

「こちら阪本さん」

「いいなずけです」と阪本が図々しく頭を下げた。

「フランスへ行くのにお世話になったの」

「あっ、そうですか」と正は合点の行った表情だった。

何げない話を二言三言交わすと、阪本が手洗いへ立ったので、美子は正に、

「困ったわね。急にあの人が現われたの。例の……」

「悪い奴でしょう」

「ええ。……今夜あなた、あの人も一緒じゃいけない？　もう一人、店の桃子をパートナアにつけてあげるけれど」

美子は正が、少し怒った表情で、今夜は御遠慮します、ときっぱり言うかもしれないと思った。しかし正には忠犬の素直さがあった。何となく力のない声で、こう言った。

「はあ、そのほうが御都合がよければ、それでも」

美子は、計画がうまく行くという喜びよりも、正直のところ、少しがっかりした。

桃子が紹介される。早手まわしに新調の洋服に着かえた桃子は、ネイヴィ・ブルウの生地《きじ》で作ったオール・プリーツをうれしそうにひらひらさせて、

「桃子と申します。よろしく」

と言った。

——戸じまりをして、店の前で美子たち一行は、家へかえる奈々子たちと別れた。

「じゃあ、御苦労さま。今度の時は、奈々子をつれて行ってあげるわ。順ぐりにね」

今年の冬は来そうでなかなか来ない。夜は肌寒いが、肌を刺すというほどではない。中にはまだ背広だけで歩いている人もあった。電産ストをよそに、ネオンはまだ明るかった。それが、停電の曇った昼間の憂鬱さに対照して、一そう花やかに感じられる。

「どこへ行こう」

「近いところ、あのクラブがいいわ」

日本へかえって一ヶ月足らずの美子が、もうこの新らしい遊び場を知っていた。そこは先ごろ大賭博の手入れで有名になった第三国人経営のナイト・クラブで、夜は竜宮城みたいな輪郭のネオンを、西銀座の西端の空にうかべていた。朝三時までひらいているナイト・クラブは、ここを入れて、すでに東京に四、五軒あった。このクラブも、はじめは日本人の客といったら、外人につれられて来る新橋の芸妓だけだったが、このごろでは夜によっては日本人の客のほうが多かった。

臙脂《えんじ》いろの制服のドア・ボーイがドアをあけた。中は室《むろ》のようにあたたかく、女たちの香水が急ににおった。

四人はクロークで外套をあずけると、暗い照明のなかにバンドの音楽のよどんでいるフロアに近いテーブルへ案内された。

「ああ、腹がへった」と阪本が言った。

この言葉にだれも応じなかった。美子や桃子は女だから当然として、大男の栗原正までが、何だか胸がモヤモヤして、ちっとも腹が空いていなかった。メニューを見ながら、きのうの晩たべたチャーシューメンはないかと探した。たとえあっても、今夜たべるチャーシューメンはおいしくなさそうに思われた。

四

食事のあいだも、阪本は大きな声で何やかや面白い話をした。彼は何しろ有名人だったし、美子や正とちがってパリには五年もいたのだし、自分の話が面白くて皆が傾聴しているということも疑わなければ、自分がそこにいるみんなから愛されていることを毫《ごう》も疑わない態度だった。こんな話もした。

「美人のたべるものにはおのずから限度があるからね。むかし帝国ホテルでめしを食うと、よく見かける和服のきれいな奥さんがいた。ある晩、その美人が蛙の足をつまんで食べてるところを見てから、もういけなくなった。本場のフランス女が同じものをたべてもさほどに思わないから不思議だね」

食事が済んで、食後の薄荷《はっか》の酒、緑いろのペパーミントをみんなが飲む。ダンスがはじまると、栗原正はほっとした。うるさい男が当然のように美子を促して踊りに行き、目の前から消えてくれたからである。彼と桃子だけのこったテーブルには、小さな竜をえがいたすり硝子《ガラス》の円筒の中の蠟燭の灯が、飲みのこしたグラスの緑いろの酒にゆらゆらとほの暗く反映していた。

正は「よからぬ男」の腕に抱かれて踊っている黒いカクテル・ドレスの美子をしみじみと見た。彼女のなめらかな撫肩《なでがた》はあらわであった。踊りの群の中へどうまぎれても、その肩だけは白くちらちらと見えた。

桃子は正が美子をどんなに好きかということを感じた。ふつうの女なら、ここで二つの電話のからくりをばらしたであろう。しかしその性格にちょっと妖精じみたところのある利巧な桃子は、正の濃い眉毛の下の目の光りを、何か危険な出来事を待つように、見まもっているだけだった。

「お踊りにならない」と桃子から誘った。

「踊りましょう」

正の返事があまり明快だったので、桃子はかえってびっくりした。

踊ってみると、正のダンスは巧い。

「ダンスお上手ね」

「いや……なに……柔道の要領です」

桃子はガッカリして、

「でも、パリではよくお踊りになりました？」

「いや、出かける前に、即席で習ったんです。はじめは足がガタガタふるえて、踊れませんでした」

「あら、かわいい」

大男の柔道家は、こんな十八九のかわいい娘から、かわいい、と言われて、目をぱちくりさせた。

美子と阪本は、ほとんど入れちがいに席へもどった。美子は、桃子と正がたのしそうに話しながら踊っているのを、踊りながら桃子がすっと爪先立って身を寄せて正にもたれかかって踊るのを見た。

「桃子、大丈夫かしら。なんだかつぶれそうに見えるわね」

「いや、なかなか御似合だよ」

阪本はニヤニヤしながら、給仕を呼んで酒を注文した。

美子はそちらに気をとられて困った。阪本に嫉《や》かせようと思った自分が、却《かえ》って胸さわぎがして落ちつかない。桃子なんかを連れて来るんじゃなかった。……

二人がかえると、すぐ正を促して踊りに行った。こうきいた。

「あなた、怒っていて？」

五

「いや、怒ってなんかいませんよ」

痛さを我慢して泣かずにいる殊勝な男の子のように、栗原正はそう答えた。

美子は今日の自分の目まぐるしいたくらみを反省した。彼女を動かした情熱は何だったろう。こんなたくらみに彼女を熱中させた衝動は何だったろう。

『二人きりになれればなれた今夜に、わざわざあんな画描きを許婚に仕立てて一枚加わらせたのは、いったんついた私の嘘を正さんに信じさせたいため、その嘘の美しい自分を信じてもらいたいためだったんだわ』

そう思うと、美子の心は少し休まって、

「あたくしに同情して下さる？」

正は女をからかうすべを知らなかった。

「同情していますとも」

美子は少しすねて、

「あなたってあきらめが早そうね」

「そんなこともありません」

美子は少し酔っていた。

「あんなニヤケ男は、あなただったら一《ト》ひねりでしょう」

「柔道はそんなために使うもんじゃありません。あの人は表向きはともかく許婚なんでしょう。僕が手出しをする余地はありません。万一あの人があなたに暴力をふるったりした場合ならともかく」

楽士は流行のキッス・オヴ・ファイアをかなでていた。クラブにはだんだん客が増し、中国風の装飾を暗い照明でぼかした室内には、胸もとの肌の白い女を先立てて入ってくる外人の白いワイシャツの胸が動いていた。

気がつくと、美子と正の踊っているかたわらを、阪本と桃子が踊ってすぎるところで、二人は美子と正のほうへ等分に微笑を投げた。

「桃子はお気に召した？」と美子。

「よさそうな人ですな」と正。

「人ってことないわ。まだ子供よ。そりゃいい子だわ、あの子は」

正はめんどうくさくなって黙ってしまったが、丁度美子も黙りたくなっていたので、二人はものの数分甘い音楽だけにひたって踊ることができた。

それでも美子は、はじめて自分が正にしてやられたような、妙な気持でイライラしていた。席へかえると、手提をとって、すぐ手洗いへ立った。

桃子が、正に、

「マダムごきげんがよござ いましたか?」

「あの人はいつもあんまりきげんがよくないようですな」

桃子は、まるで外国人と話してるみたいだ、と思ったら、トタンにおかしくなって、プーッと吹き出した。

「どうしたんですか」

正が本気でびっくりしていると、

「栗原さんはパリへ行ってらしたんですな」

と阪本が話をもちかけて来た。パリの話が二人のあいだでしばらくもてたが、かえって来た美子は、話に熱中している男たちと、笑いをかみころして二人を見比べている桃子を見て、けげんな表情をした。何だかだまされたのは自分自身のような気がしたのである。

「あたくしお先に失礼しますわ」と桃子が立上った。「十時をすぎると母がうるさいの。栗原さん、送っていただけまして?」

送るのは当然栗原の役割だった。美子もとめ立てするわけには行かなかった。まだ言い足りないことがあったので、自分から促して美子は正ともう一度踊った。そのとき阪本が、ニヤリと美子を皮肉な微笑の目で見つめたので、彼女は少しばかりゾッとした。栗原に阪本の十分の一でもいい、人をぞっとさせる才能があれば、と美子は思った。

二人とも黙って踊っていた。曲は「煙が目にしみる」だった。美子の目は、少し疲れて、酔いがさめかけて、遠い火事のように充血していた。日が暮れかかるとすぐ、深夜をまねはじめるこんなクラブの暗い照明の下でさえ、夜がだんだんに重みをますのが感じられた。

『今度二人きりで会えますか？』

正はそう言い出すべきである。しかし彼は何とも言わない。美子は今にも曲がおわりそうな気がして、じりじりして来て、

「私、これから四五日、忙しくて遊ぶひまがないの」

「そうですか。それは大変ですな。あんまり忙しくして、体をこわすといけません」

こんな丁重なあいさつには、愛する者のぎごちなささえ見られず、一瞬、美子は、この人ってほんとうに私を好きなのかしら、と疑った。

「四五日したらお電話ちょうだいね」

「ええ、待っています」

「いいえ、今度はあなたがお電話を下さるのよ」

「ああ、そうですか」と正はわざわざ、ダンスの腕をといて頭をかいた。「きっとお電話します。そのときは僕がどこかへ御案内しましょう」

「そう」

美子は明後日のファッション・ショウに正が出て来られては困ると思った。その日の金杉はだれの目にも父親には見えないだろうし、おしゃべりなお客たちの噂話が、どうしても耳に入る危険がある。

……しかし今のひととき、美子は正に抱かれて踊っていた。彼の日に焦けた肌と、悲しい親孝行の思い出と、洗面器ほどの水がすくえそうな大きな掌と、簞笥《たんす》ぐらいの厚みのある胸とに抱かれて踊っている。これはとにかく、美子が一度も夢みなかった瞬間とはいえない。

曲がおわった。二人は目がさめたように身をはなして、席へもどった。

桃子は何度もかわいらしいあいさつをした。

「今日は本当にたのしゅうございましたわ。マダム。どうもありがとう。またつれて来て下さいね。マダム。あしたはまちがいなく定刻にお店へまいりますわ。マダム」

――桃子の家は恵比寿駅に近かった。正は省線で送って行った。

山手線が新橋を離れると、烏森近傍の温泉マークをなごりに、都心の灯はだんだん遠ざかってまばらになる。

「今夜はほんとうにたのしかったわ」

桃子は乗客に押されて、ほとんどドアにへばりついているが、手袋の指先で、ガラスのくもりに、バカと書いて、横に小さく、ヤロウと書き足すと、くすりと笑って手袋の甲で拭き消した。正を見上げて、こう言った。

「今晩のマダムきれいでしたわねえ」

「きれいだなあ。いつもあの人は」

桃子が店へ来るほどの男から、こんな無邪気な溜息をきいたのははじめてであった。

ファッション・ショウ

一

……朝まだきの霧が深かった。カーテンを繰る金属音がひびいた。壁の角笛の花《はな》挿《さし》に一輪の冬薔薇が、白い浮彫のように灰いろの外光にうかんだ。

「早く起きなさい。間に合わないよ。今日はファッション・ショウの日だよ」

小学校の校長が、自分をゆすり起しているような気が美子《よしこ》はした。

『間に合わないよ、だって？　遠足に間に合わないというのかしら？』

彼女は夜ふかしの短い眠りからさめた。起しているのは金杉だった。

「さあ、大変。女中にコーヒーをそう仰言《おつしや》ってね」

「ちゃんと言ってあるよ」と金杉が答えるのと同時にノックがきこえて、朝のコーヒーを女中がはこんできた。金杉はガウンを着ているが、美子はまだ寝間着の姿であった。

「朝のうちに家で準備万端ととのえて、十時に家を出ればいい。会場のほうは、会社のA君やB君が万事やってくれる」

金杉はナイト・テエブルの上に、出しのこりのが十数枚重ねてある招待状の一枚を手にとった。紺地に白ぬきで、YOSHIKOと筆がきのサインが刷られ、更に白ぬき活字で、

春原美子帰朝新作発表会
ファッション・ショウ
主催　ベレニス洋裁店
株式会社金杉商店

と刷ってある。見ひらきの一ページには美子の写真と、次のような美子のあいさつがのっている。

《皆さま、お待たせいたしました。パリ最新のモードと、最も新らしいパリの霊感にかられて作りました私の新作とを、冬のけはい日々に濃い銀座の一角で、皆さまの御覧に入れる日が参りました。……》

——玄関のベルがひびいたので、金杉と美子は顔を見合わせた。

「だれだろう。こんなに早く」

「笠田さんよ、きっと」

「なるほどそれにちがいない。やれやれ」

果してそうだった。このごろの停電やガス停止にそなえて本式に薪をたいているマンテルピースのある階下の客間へ、金杉は化粧中の美子をのこして、笠田夫人を迎えに下りた。

何でも豪華版の好きな夫人は、お祝いと称して、尺余の鯛《たい》を運転手に持たしてあらわれたが、きけば夫人自身が今朝早く魚河岸《うおがし》へまわって来たのである。鯛の鱗《うろこ》の金と紅《くれない》とのあけぼのの色は、霜柱のように触れて冷たく、いかにも冬の朝のお祝いの品らしくてよかった。

火のそばの椅子を夫人にすすめながら、

「今日はいろいろ御後援おそれ入ります」

「いいえ、とんでもない、私なんぞ」——と夫人はむっちりした白い指を火にかざしたが、十本の指に八つの指環がはめられていて、火に映えてきらめきわたったのには、おどろかされた。

「……それに我ままを言って、モデルに出していただくんだし、早く上らなけりゃと思って」

「へえ、あなたがモデルに？」

「あら御存知ないの。正午、二時、四時の三回でしょう。三回出られるのよ、うれしいわ」

二

季節は冬の流行のファッション・ショウには、すこしおくればせと言ってよかった。菊人形も日延べを重ねて、もう一日二日でおしまいである。銀座S堂の一階の売場にも、早くもクリスマス・カードや、お歳暮むきの石鹸だのオルゴールだのが売り出されていた。ビール樽やお城の形のオルゴールは、店内に澄んだ小川のような音いろを流した。

化粧品売場の客は、いつも静かな二階の画廊から、ジャズバンドの練習をしているらしいのんきなギターの音が聞えてくるので、不審そうに耳をすました。一方、階下の奥の無料化粧室も楽屋に使われて、今日は閉っていた。そこはたった一坪半だが設備がいいので、二階の第一楽屋につづいて、第二楽屋と貼紙がしてあった。第一楽屋はふだん事務所なのを、ドア一つで会場に接しているので、金杉が拝み倒して借りたのである。

優雅な階段をのぼって達する二階の画廊は、白青市松のリノリュームの床にならべた百いくつの椅子を、すでに招待客によって、第一回開演の三十分前から占められていた。招待はタダだが、金杉商店の広告がいっぱいはいった大阪のプログラムを、だれも一部二百円で買わされて、膝の上にひろげている。

九割五分が女で、のこりの五分が男である。女たちの帽子から鳥の羽根がいっぱい立っており、それがとなりと話をするときに、羽根が羽根とひそひそ話をするためにあちこちへそよいでいるかの如き奇観を呈する。女のなかにはばかに尊大なのがいて、それは洋裁学校の校長さんであり、デザイン界の幾人かの女王の一人である。彼女は、ジョキッと鋏《はさみ》を入れそうな目つきで、人の衣裳を見る。

男の幾人かは生地《きじ》屋や男のデザイナアで、男のデザイナアの中には、薄化粧をした変な男もいる。彼は指環をはめた手の中で、しきりに青い格子のハンケチをこねまわしている。そして気どった鼻声で、「そうなのよ。あら、そう」なんぞと言う。

ざっとこういう客席が、四五十坪の会場を三方からとりまいているが、正面の壁の前に低い舞台があって、その舞台のまんなかからシャモジ型の張出舞台が長く突き出ており、四五人の小編成のバンドは右奥に陣取っていた。

正午、窓外の雑音をつらぬいて遠いかすかなサイレンがきこえると、窓からお向いのレストランをながめていた客の一人が、

「気が利かないわね。ご飯ぐらい出せばいいのに」

という間もあらせず、バンドははなはだ典雅なワルツをかなでだした。

司会役になれたラジオ俳優の杉井愛声が、いつもながらのツヤツヤした、お風呂

に入りたてのような顔つきで、もみ手をしながら、あらわれると、

「エー、皆さま、こんにちは御多忙のところを遠路わざわざ……」

——かかるあいだに、階下の第二楽屋では、笠田夫人が、家からつれて来た女中二人と運転手に怒鳴りちらしていた。

「お寿司はどうしたのよ。あんなにお午《ひる》までに必ずって言ったじゃないの。あたし、お腹《なか》が空いたら舞台で卒倒するかもしれないじゃないの。すぐ車で行ってちょうだい。……はるや、あんたは又何してるのよ。背中へ塗るのはその白粉《おしろい》じゃありませんったら、馬鹿ね」

三

笠田夫人のうしろの人造大理石の壁にかかっているのは、彼女が着て出る中年向きの黒のスーツと、例の美子の創作にかかる純白のフリースのトッパア「ジュドー・ド・パリ」である。この「ジュドー・ド・パリ」は、美子の会心の作だったが、デザインを見た笠田夫人の御執心が大変で、それをオーダーして作らせるだけでは足りず、踊りのおさらいにでも出るつもりで、自分から莫大な出演料を無理に支払って、自らモデルに立とうと言い出したのである。このことが決って以来、美子は

折角の自分の作品を見るのも厭になってしまった。

そんなことは知らない笠田夫人は、ライトを浴びて「ジュドー・ド・パリ」を着て立つ瞬間を想像しては、毎日胸をおどらしていた。今も、鏡を見て、ほぼ満足すべき状態に仕上った顔を見ると、この一介の満洲浪人のおかみさんから全国長者番付に入る炭鉱主夫人にまで、居ながらにして出世した満洲生れの女は、自分がパリで生れて育った公爵夫人のように思われて来るのである。

並の女の太股ぐらいの太さのある真白な二の腕に、女中にビタミン注射を打たせながら、彼女は目を細めて、まだ見ぬパリの夢を追った。

『パリ！　パリ！　そこではきっと朝から晩まで、しゃれたことばっかり話してるんだわ。しゃれた洋服を着て、しゃれたものをたべて、お世辞のいい男に囲まれて……』

笠田夫人は、パリにも「生活」が存在するにすぎないことを、考えたくはなかったのである。

……夫人がこうして一坪半の第二楽屋を一人で占領してさわいでいるあいだ、二階のギャレリイの舞台では、すでにファッション・ショウがはじまっていた。

背景にはデュフィの筆法を真似て、エッフェル塔と、凱旋門と、マロニエの並木と、セエヌ河と、やわらかな雲と青空がえがかれており、街灯とモンマルトル風な手すりが舞台右方に設けられ、楽団はシャンソン「枯葉」をかなでていた。例のデザイナアのにやけ男は、かたわらの人にこう言っていた。

「思い出すのよ、パリを。おお、なつかしい」

彼はパリ留学三年の履歴を昔から売り物にしていたが、消息通の間では、彼がマニラより遠くへ行ったことがないのは周知の事実だった。

「奈々子さんに着ていただきましたのは」と杉井司会は「ジュニア・ワンピース・ドレス、うしろ身ごろの切換線は、今年の流行のバックに焦点を置いたものでございます」

そこで奈々子は、くるりと一トまわりして、ニヤリと笑うと、二三段の段を下りて、お客たちのすぐ前へ、波を蹴立てるような足取で進んできた。

モデルの中には、人を化かしそうな顔の女もいれば、はじめからおわりまでプンプン怒っているような顔のもあった。お面のように表情の強直した女もいれば、色きちがいみたいにニヤニヤしっぱなしのモデルもあった。彼女たちは音楽と説明にあわせて、うしろを向いたり、ポケットを指さしたりした。ついでライトがやわらかな藤色になった。

「次は創作デザイン『ジュドー・ド・パリ』、着ていただきましたのは特別出演の笠田夫人でございます」

四

曲はルムバになった。笠田夫人は夢みるような表情であらわれた。お客一同はざわざわしたが、街灯の下でくるりとまわったときに、お尻がぶつかって街灯がぐらぐらゆれるにいたって、ざわめきは失笑に変った。

このパリ製の日本、にっぽん製のパリの象徴のような、柔道着を象《かたど》ったトッパアは、それ自体はなかなか気のきいたアイデアだったが、笠田夫人の巨体にまとわれると、何ともいえない悲しいものになった。当人がそのみっともなさに気がついていないだけに、悲哀はひとしおであるが、それを笑って見ているほうも五十歩百歩だと言ってよかった。だれしもこんな笠田夫人の姿に、自分自身の姿の一トかけらを発見しないわけにはゆかない。

「あの体格じゃあ、柔道八段というところだわね」

「ずいぶん強そうね」

ところが笠田夫人は、「風にもえたえぬ」という風情を装っていた。本気で「風にもえたえぬ」と思っているので、ヘビィ級の女性に限ってそういう錯覚に陥りやすいものである。階段を下りるとき、彼女はあたりへ媚《こび》をふりまきながら、モンマルトルの丘の上から一段一段石段を下りる心意気で下りてきた。

笠田夫人はほんとうに幸福だった。彼女は「パリを夢みている日本」そのものだった。今の彼女は、沢庵もお茶漬も刺身も便所のにおいも、子供のころ飴が買えなくて遠慮をして見た紙芝居も、妻楊枝もおみおつけも、浪花節も講談も、義理人情も、おトリさまの金ぴかの熊手も、伊勢神宮のお守りも、何もかもすっかり忘れて、夢のような「パリ」の一語の中にだけ生きていた。

中央に突き出した円い小舞台の上で、夫人はトッパアの前を外して、その臙脂《えんじ》の裏地と、漆黒のスーツと、スリム・ラインの下へゆくほど細いスカートと、胸に下げた本物の真珠のネックレースを見せて、ニヤッと笑った。このニヤリがいかに効果的だったかは、いちばん近い席にいた例のニヤケ男が、

「アラ、どうしたんだろう。僕、急に気持がわるくなった」

と言いざま、あわてて清涼剤を百粒ほど口の中へ放り込んだのを見てもわかる。

――一方、まじめな誠実なお客もあった。

彼女たちは、地方の洋裁学校から東京へ留学に派遣された先生たちで、一生懸命メモをとっては、眼鏡をよせ合って友だちと議論していた。「ジュドー・ド・パリ」にはさすがに面くらったらしかったが、次に灰いろの丸々とした感じの外套の女が出て来て、

「夕まぐれの銀座にたたずむ銀いろの瞑想、知性の溜息と感性のたゆたいに、その名も典雅な……」

と歯の浮くようなアナウンスで名前が披露されると、

『東洋の壺』

という名のききとれなかった一人は、大声で、となりの友だちにきいていた。

「何ですって？　東洋の何？　ああ、そう、『東洋の虎』？　虎ね。わかった』

――このとき階下の化粧品部の入口には、ここの店には一向不調和な二人の男の客が、入りかねてウロウロしていた。

サラリーマン風の大男は正《ただし》、ジャンパアの少年は次郎である。やっと先に立って入った正は、階段を話しながら下りてくる二人の男を見ると、あわてて階段の陰へ身を隠した。

五

階段を談笑しながら下りてくるのは、淡い背広にスパッツをつけて靴をはいた金杉と、スケッチブックをかかえた阪本だった。

「どうして隠れるんです」と次郎がきいた。

「彼女のおやじさんと許婚《いいなずけ》なんだ。おやじさんは彼女が許婚以外の男と付合うのを喜ばないんだ」

「それで彼女は許婚を愛してるんですか」

「大きらいだと言っているんだが、そこのところがどうもね」

「兄貴も気がよわいな。小さくなることはないじゃありませんか」

金杉と阪本は、奥の楽屋にゆくらしかった。楽屋へ入ってしまったら、その間に二階へ行く手もあったが、二人は男物の紙入れの売場に立止って、買物をするらしく、店員に紙入れを出させていた。

「ちょっと偵察して来ますから、兄貴、入口のところで待ってて下さいよ」

次郎は、自分がむりやり正を引張ってきた以上、気が気ではない。きょうの土曜、会社が半ドンでひけた正に、道場で稽古をつけてもらった次郎は、今日S堂で美子のファッション・ショウのあることを正が知らないのにびっくりした。

「兄貴、知らないんですか。きっと今日の彼女はステキだよ。自分で結婚衣裳のモデルに出るって話だからよォ。一緒に見に行きましょうよ。彼女が兄貴を誘ってくれなかったのは、きっとテレてるんだよ。行ってやればよろこぶにきまってますよ」

次郎にしてみれば、正に対する無代《ただ》のサービスにこれ以上いいものはない。

しかし来てみるとこの始末なので、彼は音楽がなめらかに流れてくる二階へ昇りかけたが、丁度やはり二階へのぼってゆく二人づれの女の会話が、きくともなしに耳に入った。

「あの男の人知ってる?」

「どうれ?」と階段の途中に立止った。

「あの紙入れを買ってる二人よ」

「知らないわ」

「知らないの? モグリだよ、あんたは。白髪のおじいさんのほうは、春原美子のパトロンで、つまり旦那よ。このショウの費用はみんなあのおじいちゃんの懐ろから出てるのよ。中年のほうは、有名な女たらしの画描きの阪本譲二よ。春原美子のむかしの男で、このごろまた彼女を追っかけまわしてるってもっぱらの評判なのよ。仲よくみえるけど、あの二人はライヴァルなのよ」

「まあ、そう。洋裁界の内幕だわね」

次郎はきいていて顔がカッカとした。

『兄貴はあの女にだまされてるんだ!』

世間しらずの正に対するいいしれない切ない感情で、次郎は激昂した。

『可哀想な兄貴! あんなにほれてるのに』

彼は階段をとび下りると、熱い玉が咽喉元《のどもと》へこみあげてくる気持で、無言のまま、入口に待っていた正を、土曜の雑踏の中へ押し出した。半分涙声でこう言った。

「兄貴、悪いことは言わないから、こんなけがらわしいショウは見ないでくれ。あんな女ともう会わないでくれ。……オレ、今日はもう失礼します」

アッという間にその姿は人ごみにまぎれ、あとに正は茫然と立ちつくした。

六

次郎があれほどつきつめた表情で「見ないでくれ」と言うからには、見てはならない理由があるにちがいない。やむを得ない。正は外套のポケットに両手をつっこんで、歩き出した。

週末の銀座の表通りは、大層混雑している。金のある人もない人も、人間が人間を見に来ている。彼は尾張町のほうへしばらく歩いて、又引返した。何かわからない力が、この二十数貫の巨体を牽引してやまないのである。

『とにかく会場へ行かなければいいんだろう』

ここで柔道家は、彼にはめずらしい小手の利いた知恵を働かせた。道一つ隔てたS堂レストランの二階の窓から、窓ごしに別館の二階の様子をのぞこうと考えたのである。

レストランは丁度午食の客がおわったところで、二階へ上ってみると、別館をながめる窓のわきのテーブルは空いていた。

白服のボーイがいんぎんに腰をかがめて、注文をききに来た。

「コーヒーと洋菓子をくれたまえ」

そのコーヒーと洋菓子がはこばれても、見向きもしないで、正はむこうの窓のなかにかすかに見えるファッション・ショウの花やかなモデルの動きに見入った。美子の番はなかなか来なかった。停電かと思うほど場内が暗くなったとき、一条の煌々たる光線が舞台を照らし出した。純白の衣裳の胸に花束をかかえた二人のブライド・メイドを先に立てて、滝のように流れる純白のシルク・サティンの花嫁衣裳の美子があらわれた。美子の黒い髪からはヴェールがうしろへ長く引かれ、沈静な表情に紅い小さな唇がつややかである。この定かならぬ絵姿は、観客たちの影絵に見えかくれして、泡立つ波のようにむこうの窓のほとりをよぎった。

「ああ」

正は思わず軽い溜息をついた。

そのとき彼の外套のひろい肩に置かれた革手袋の手があった。

見上げると、金杉が半白の髭《ひげ》の下に柔和な微笑をうかべて立っていた。

「美子さんのお父さんですね、飛行場でお目にかかりました」

「ええ、……御活躍は新聞のスポーツ欄で拝見しました」

のっけから「お父さん」扱いをされても、金杉は一向おどろかなかった。美子が具合のわるい人に彼を父親と紹介した例は、一再にとどまらない。

美子の名を言ってしまってから、正はしまったと思った。こんなに親しげに、彼女の名を口に出すべきではなかった。ごまかすように、こう言いそえた。

「お嬢さんはすばらしいですね。どうしてお父さんは会場でごらんにならんのですか」

「いや、今日はまだ二回もやるんだから、いつでも見られます。ちょっと仕事の友人とここへお茶をのみに来たのでね。そこで貴下《あなた》をお見かけしたもんだから」

「どうぞお仕事のお話なら、僕に御遠慮なく」

「いや、もうかえりました。いいんです。……おそばへ掛けさしていただいていいですか？」

金杉は腰をかけると、組んだ手袋の手を、象牙の犬の頭のついたステッキの上につかねた。

「美子の花嫁衣裳を見て下さいましたか？」

七

正は悲しい表情になった。

父親は美子と付合わないでくれという申出を物やわらかに切り出すにちがいない。しかしこのお父さんは、何だか見るからに、ものわかりがよさそうで好感がもてる。

「ああ、申しおくれましたが、御帰朝そうそう、お母様が亡くなられたそうで、さぞお力落しをなすったでしょう」

「はあ。ありがとうございます」

「ほかに御兄弟でもおありですか」

「僕一人です。父はとうに亡くなりましたので、今はまったく一人ぽっちなんです」

「そうですか。お寂しいでしょうな」

金杉はじっとこの孤独な青年をながめた。大まかな、精力的な、それでいてひどく純潔な顔。……彼は永らく自分の周囲にこういう顔を見たことがない。

金杉は自分の青年時代をかえりみた。堀留の裕福な生地問屋の息子の放埓《ほうらつ》な青春。この青年の年ごろには、すでにもう芸妓あそびが鼻についていたものだった。

そこで金杉は、正にはまさに意外と思える質問を、ますます意外な、誤解しようのない温厚な微笑と一緒に、した。

「娘はお気に入りましたか？」

「は？」

空とぼけたが、正は正直に真赤になった。

「はっ、とても御立派なお嬢さんだと思います」

「御立派？　これはいい」

金杉が笑い出した。

「なるほど、まさに、美子は立派だ」

そうして、とめどもなく笑った。しかしこの笑いに嘲笑の影は少しもなく、青年に対する彼の純粋な好意が爆発した感じであった。

――別館の窓の中には、にわかに人影が乱れ動いた。第一回がすんで、客の入替が行われているらしい。

「もういらっしゃらなくていいんですか？」

「いいんです」

「しかし美子さんが心細いでしょう」

すると金杉はちょっと目を伏せて、銀の細い花瓶にさしたピンクのカーネーションを見て言った。

「いや、娘は……、私がいないほうが気楽でたのしいんです」

「そんなことはありませんよ。僕なんか、柔道の試合の時にもう母が見に来てくれないんだと思うと、張合がありません」

「いやね」——そこで金杉はまた声を立てて笑った。「私が見ていると、娘はテレるんですよ。テレさしちゃかわいそうだから。……それだけの話ですよ。ハッハッ」

相手が馬鹿にたのしそうに笑うので、正もわけがわからず、御相伴に笑ったが、その笑い声に三つ四つむこうのテーブルのお客までふりかえった。

「さあ、もう失礼します」

と正が立上った。

「そうですか、では又」

金杉は悪すすめはしない性質《たち》である。店の前で二人は別れた。正の広い背が人ごみを縫って新橋のほうへゆくのを見送ってから、金杉がS堂別館一階の第二楽屋の前までかえってくると、ドアが急にひどい勢いであいて、うしろむきにとび出して来た男にぶつかった。

八

第二楽屋の中から突き飛ばされて出て来たのはスケッチ・ブックを抱えた阪本画伯である。

画家はちょっと、ひしゃげたような笑い方をして金杉の顔を見たが、そのまま忙しそうに裏階段から二階の楽屋へのぼって行った。

金杉はドアを押して第二楽屋へ入った。

部屋には美子一人だった。人造大理石の青ずんだ壁には、四つの燭台形の電灯がつき、そのおのおの百ワットの光りが、せまい室内にぶつかり合っていたが、そのために一坪半の化粧室はまばゆい密室のようで、燭台のそばの釘にかけられて部屋一面になだれ落ちている純白のウェディング・ドレスは、香水と白粉《おしろい》のにおいを放っている繻子《しゅす》の滝のようであった。

美子はシュミーズひとつで鏡に向っていた。すこし疲れた目が、鏡の中の目と見合っていた。

「どうしたんだ、阪本は」

「いやな奴ね」と美子は鏡から目を離さずに「ノックもしないでいきなり部屋へと

び込んで来たんで、あなたかと思ったの。私は今衣裳をぬいでいたところでしょう。スケッチをとらしてほしいというの。私がイヤだってことわったら……」

「失礼なことをしたのか」

「しようとしたから、突きとばしてやったのよ」

「そうか」

金杉はビロードの襟のついたチェスタフィールド型の外套と、スパッツとステッキという一分のすきもない古風な紳士の姿で、明るすぎる部屋の隅に端然と立っていた。「そうか」と言うきりで、非難もしなければ憤慨もしない。考え深そうな端正な顔つきで、下唇を少しせりだして、舌の先で半白の口髭をなめている。美子はこの申分のない保護者に、「怒り」のないことが不思議だった。

「さっき栗原君に会ったよ」

美子は急に動悸《どうき》がするのが、自分でも妙だった。

「ショウを見に来たの？」

「いや隣りのレストランの二階で会った。二階の窓から君のショウを見ていたよ」

「そう」

そこまで言うと、金杉はぷつっと黙ってしまった。ひどくギクシャクした格好で、床にかがみ込んだ。美子の掛けている椅子のほかには、一つも椅子がなかったのである。

「どうなすったの？　椅子を上げましょうか」

「いいんだよ。しばらくこうやっていればいい。ひどく疲れて、すこし目まいがするんだ」

——彼はステッキを両手でしっかりつかみ、体を支えながらしゃがんでいた。そして美子の顔を見ないで言いつづけた。

「ねえ、美子。私を見捨てるようなことはしないだろうね。何をしてもいい。何をしたって文句は言わない。しかし私が死ぬまでは、見捨てないでおくれ」

「何を馬鹿なことを言ってらっしゃるのよ」

——美子が故意に笑殺しようとして、笑えずにいると、ドアがはげしくたたかれて、金杉も立上った。「お届け物です」とメッセンジャア・ボーイが、ドアの間からあふれるように大きな薄桃いろの蘭の花束をさし出した。

あいびき

一

ファッション・ショウはとどこおりなく終った。新聞の評判もよく、例の「ジュドー・ド・パリ」をのぞいては、専門家のあいだでも賞賛や嫉妬の反応が起った。二三の雑誌から写真をとりに来ていたので、それが二月号の誌上に載るはずであった。

しかし美子《よしこ》の心は、空虚としか言いようがない。パリにいるあいだも、日本へかえってからも、朝から晩までこのファッション・ショウの開催が頭を離れなかったが、さてすんでみると、何をあんなにムキになって来たかが少々曖昧《あいまい》である。

この日本のめまぐるしい坩《るつぼ》の中へ、とにかく一滴の飛切上等の香水を滴《したた》らせてみる気組だったのが、その香水のにおいは滴ったかと思えば雲散霧消して、あとには都大路を走るトラックにのせた例の野のにおい、はっきり言えば日本独得の肥料のにおいが充満しているにすぎない。

美子がこんな芸術的苦悩をもてあましているあいだに、十二月が来て、銀座は不景気な財布から一銭でも多く引出すために、歳末大売出しの掛声のやかましい街になった。所によってはすでに門松も立ち、早くから飾りすぎたクリスマスのデコレーションは、大きなサンタクロースの人形の赤く塗った衣裳が雨にはやくもさめかけていたりするので、まるでクリスマスもお正月もとっくにすぎてしまって、季節おくれの飾り物がいつまでも幅を利かしているような錯覚にとらわれるほどであった。

よっぱらいは、酒場からの深夜のかえり道で、どこかの軒からおちたらしい大きな銀紙の星をひろった。それをポケットにしまって歩き出した。終電車のなかで、彼は知らない乗客に話しかけて、町でひろった星の話をくどくどとするであろう。あげくのはてに現物をポケットから出し、意気揚々と見せびらかすであろう。

「これが木星か金星かあててごらん」

——美子は一日休んだだけで店へ出たが、金杉は却《かえ》って気疲れがして、三日間会社を休んで、家で休養をとることにした。

金杉は晴れた午後、一人で冬枯れの新宿御苑のなかを散歩した。枯れた芝の色や、繊細なレエスのような枯枝の模様を冬空にひろげている欅《けやき》などを見ると、彼は詩人になればよかったと後悔したが、自分の商才を深くたのんでいる点では、彼の売物である紳士風の気の弱さが、どこでこんな自信につながっているのか、自分でもわからないほどであった。彼は死んだ妻のことを思いうかべた。妻は良人《おっと》の仕事熱心の犠牲のようなものだった。弱い体で、良人のおそい帰宅をいつも待ちもうけ、不平ひとつ言わずにつくした。金杉がおそくかえると、先にグウグウ寝てしまって、少々ゆすり起しても目をさまさない美子とはずいぶんちがう。しかし美子の健康と、不羈《ふき》奔放と、意地悪根性と、嘘ツキとの間からにじみ出る可愛らしさが、どれほどそういう寝顔に正直にあらわれていることだろう。金杉は彼自身にハナも引っかけない顔をして寝ている女の、この子供のような孤独で純潔な表情が好きだった。

御苑を出て、枯れた並木の影を映している蔦《つた》のからんだ古い石塀ぞいに家の方へ歩いてくると、一台のタクシーが彼の横にピタリと止った。

二

中型タクシーの80円という赤い札をガラスにはったドアをあけて、

「社長さん！」

と呼びかけながら下りて来たのは、地味な外套姿の奈々子である。

奈々子は桃子に比べると、すこし貧血質の陰気な子で、顔立ちは小さく整って美しいが、小鼻のわきや目尻などにほんのりとかげがあって、丁度精巧な美しい象牙細工が、古い客間の飾棚の上で、すこし黄ばんで埃《ほこり》をかぶっているような感じだった。

彼女はいつも、半分は気取りで、浮かぬ顔をしていたが、それがときどきもらす微笑に、妙に神秘的な魅力を与えた。ところが彼女は桃子とちがって、自分の魅力をまるで信じていなかった。この十九の娘が、店の朋輩に、ときどきオールド・ミスみたいな意地の悪い口をきくのはそのためだ。

「何の用だね」

金杉はおちついて、にっこりしてきいた。

「ちょっと御報告があって、お宅へ伺おうとしたところなんです。ほんとうはお宅へ上るのはマズイと思ったんですけど」

「そうか」

金杉は、まだ料金もうけとっていない運転手が、窓から顔を出して二人の会話の成行をうかがっていることに気がつくと、

「それじゃこの車で新宿までお茶をのみに行きましょう。それがいい」

車がうごき出すと、金杉と並んで腰かけた奈々子は、ひどく満足した表情で、脱いだ赤い革手袋を膝の上でていねいにそろえて畳んでみたりしながら、ときどき金

杉の横顔へ目を走らせた。彼女はこの初老の男の端麗な横顔と、冬の日ざしのように温かい白髪と半白の口髭《くちひげ》が好きだった。

金杉は、おそらくわかっているくせに、何の報告かとききもしないので、奈々子は自分から言い出しかねた。

新宿三越裏の喫茶店におちつくと、そこは停電ながらガラス張りの明るいつくりで、石油ストーヴがたいてあるので、暑いくらいであった。緑のナイロン張りのボックスにおちつくと、金杉はコーヒーと、奈々子の好きなエクレアを注文して、自分はコルクロのイギリス煙草に火をつけた。

「また美子の行状の報告かね。いつかの報告みたいに、お茶の水の聖橋《ひじりばし》の上で立ちんぼをするような目にあわないだろうね」

「大丈夫です」と奈々子は、こんな暗い密告にふさわしからぬ、澄んだ聖女のような目をかがやかせて、「栗原さんが電話を一時ごろかけてよこしましたの。マダムはなんだか、栗原さんの電話のときのお声が、ふつうのときのお声とまるでちがいますわ」

金杉は手にとったコーヒー茶碗の湯気のなかで、眉を引締めて、奈々子をじっと見た。

「それから、店の番を私たちにたのんで女のお客様と出ていらっしゃいましたけど、もしかしたらお店へかえらずに、そのまままっすぐお家《うち》へかえるかもしれないって言っていらっしゃいました」

「行先は？」

「待合せは夜六時、新橋のアランですわ」

――しかし二人がこんな会話を交わしているとき、金杉の留守宅では、とんでもない事件が起っていたのである。

三

金杉の留守宅に起った事件とは、読者も想像されるように、根住次郎がひきおこした事件である。

ファッション・ショウの日、美子の嘘を知ったこののぼせ性の少年は、たちまち彼女が正《ただし》をだましているという固定観念の擒《とりこ》になった。それをあらわに正に言ってはならないことは、処世知として心得ていたが、自分まで美子にだまされていたような気持がして、胸のムシャクシャが治まらない。

『復讐してやるんだ。親分のために』

彼はそう心に誓った。彼の考えでは、こういう誓い自体は、全然道徳的な事柄でである。しかしその手段に困った。出来ることと言ったら、空巣ねらいかカッパライであるが、そういうことは、柔道の名において、栗原五段から禁ぜられている。もっと何か平和的な手段はないものか？

金杉の家が新宿御苑のそばにあることは、本屋で紳士録を立読みしてしらべた。行ってみると門の表札に、春原美子の名が並んで掛っている。

昼間なら二人とも留守にちがいない。彼は自分を鼓舞するために、新宿で映画を見た。西部劇は次郎の大好物である。「荒野の乱闘」という題で、ひしゃげたような格好で疾走している駅馬車をえがいた絵看板の前に、ベニヤ板で切り出した二挺拳銃《ちょうけんじゅう》の英雄が足をひろげて身構えして立っている。そういう看板を見ると、彼は体中がギュッと引きしまるようで、足が自然に切符売場へ向くのである。映画がおわって出てくるときは、何だか自分の顔に主人公の顔がのりうつったような気がして、眉根を寄せ、口をへの字に結んで歩く。

おそい昼飯は映画を見ながら食べた二個のクリーム・パンですんだ。紙袋からパンを出すガサガサいう音にとなりの女が、うるさいわね、という顔つきで睨《にら》んだので、彼が睨み返して、イヤというほど足を踏んづけてやったら、黙ってしまった。

次郎は一人で、片手でピストルの居合射ちのポーズをしたり、習いたての柔道の型を手の先で試みたりしながら歩いて、新宿御苑の閑静な門に達した。冬枯れの苑内の明るすぎる広がりが、門に立つとすでに感じられた。

この小動物みたいな少年は、方角の感覚にもすぐれていた。金杉の家はたしかに石塀で新宿御苑に接しているが、それがどっちの方角か、すぐに見当がついた。

暗い森かげの池のそばまで来ると、かなたに見おぼえのある洋館の赤い屋根が、椎の高い木立の奥にそびえていた。

『あれだな』

彼は落葉におおわれた径《こみち》を敏捷《びんしょう》に歩いた。このあたりは昼から暗く、アベックの人影も見当らなかった。

彼は朽ちた落葉や茸《きのこ》のにおいがただよっている塀の下まで来て、塀ごしに目測した。

『塀のむこうにも、大きな木があるな。塀からあそこへ飛び移ればいい。あの木から、二階の屋根までは一跳びだ』

彼はまじめな表情をして、ピタッと椎の並木の一本にはりついた。スルスルとその木にのぼった。塀に足がかかると、あとは楽だった。金杉家の大きな欅は、こんな体重では貧乏ゆるぎもしなかった。

四

次郎ははじめ、ほんの偵察のつもりで来たのであったが、新宿御苑の池の際から、赤い屋根を見上げたとき、すでにいつもの習性の擒になっていた。考えないでも体が動いた。これと目ざした家を見ると、無性に入りたくなるのである。空巣へ入ってみると、身のまわりにいろんな品物がほったらかしてある。だれだって、泥棒のまわりに品物をならべておけば、ならべるほうがわるいと思うだろう。次郎もそう思うのである。

第一彼には自分のものと人のものとの境が、あんまりはっきりしていなかった。お月さまは自分のものでもあり人のものでもある。それなら地球だって、インキ壺だって、靴だって、同じことではないか。

一階の赤い瓦屋根に立つと、ひろい芝生の前庭と花壇と白いパーゴラが見下ろされたが、芝は枯芝で、花壇の黄や紫の枯れた菊の色は、古ぼけた造花のようで汚らしかった。落霜紅《うめもどき》の実ばかり点々と赤い。

二階の窓はしまっていたが、鍵がかかっていないので難なくあいた。七八坪の洋間、ダブルベッド、洋服ダンス、三面鏡、しゃれたテエブルと椅子、飾棚にはロココ風の美しい瀬戸物の人形、可愛らしい恋人同士のキュピドンとプシシェが頰をよせている。次郎は絨緞《じゅうたん》の踏み心地のよさにおどろいた。

習慣的に彼はポケットからチューイン・ガムを出すと、それを口に放り込んだ。こいつをかむと現場でおちつくのである。それからこれまた習慣的に、洋服ダンスの戸をあけた。次郎は鼻をピクピクさせた。

『ヘッ、何ていいにおいだ』

彼はその一つの真珠いろのサティンのカクテル・ドレスをつまんで、鼻にあててみた。香水のにおいばかりではない。女という不可解な生物の、豪奢な、別の世界のにおいである。

どうしても他人への好意を、泥棒という形でしかあらわせない次郎は、こいつを一着失敬しようかという気持に又なりかけたが、正の戒めを思い出して、やめた。

『何かいい復讐の手段はないものか』

見まわすと部屋の一隅に、卓上電話があって、そのそばにインキ壺とペンが置いてある。彼はペンを置いて、インキ壺を手にとった。そしてカクテル・ドレスの上に、少しずつインキを滴らした。壺は二つつながっていて、赤インキのほうも自然にこぼれてくる。サティンの真珠いろには、濃紺と赤のインキがスルスルと流れた。

彼は指紋がつくことをおそれて、テエブルの上にあった男もののハンカチで、そのインキを洋服の上にめちゃくちゃなまだらにひろげた。この仕事は面白かった。となりにはショウに美子が着て出た白い結婚衣裳があったので、これにも思いきりインキをぶっかけて、すり込んだ。黒のスーツはインキが目立たないので、ポケットから出したナイフで、めちゃめちゃに背中を切った。

『これくらいにしといてやろう』

すっかり満足した次郎は、ベッドの下に兎の綿毛のついた美しい桃色のスリッパをみつけると、その片方をどうしても失敬したくなって、ポケットにつっこんで、逃げ支度をした。

五

——一方、そんなこととは知らない金杉と奈々子は、新宿の喫茶店でゆっくり話していた。金杉が奈々子の報告の場所へ出かけるにしても、まだ時間はたっぷりあった。

「社長さんは……」言いかけて奈々子は、小さな唇についたエクレアの生クリームを、縫取りをした小さな菫色《すみれいろ》のハンカチで拭いてから、「……こんなことを申上げて、失礼ですけど、よっぽどマダムを愛していらっしゃるのね」

「まあ、そうだろうな。それでなけりゃ同じ店にいる君に、こんなスパイみたいな厭な役目をたのみやしない」

「あら、私は社長さんのためなら、と思ってよろこんでしているんですわ」

「それはそうだろうが……」

「いいえ、本当なの。ほかの人からたのまれたら、私こんな厭なお役目、絶対に引受けやしません。本当よ」

「ほらごらん、やっぱり私のためだろうが何だろうが、君自身も厭な役目だと思ってるだろう」

「社長さんのいじわる」——奈々子の目に、うっすらと涙がうかんだ。この突然の変化は金杉にも意外であった。「私、無理にも、自分が美しいお役目だと思わせてやっていますのに」

「そうか……悪いことを言ったね」

金杉は外套の胸もとに手をつっこんで、上着のポケットから、斜に畳んだ真白な麻のハンカチを引出すと、ぼんやりテエブルの上に横たえている奈々子の手の中へ押し込んだ。

「さあ、それでハナをおかみ」

奈々子は、とても自分ではニヒリスティックに見えると思い込んでいる、その実ベソをかいた子供のそれのようにしか見えない、目だけ悲しそうな笑い方をした。

金杉はいつもの静かな声で、

「君の気持はありがたい、というより私は、美しいと思っている。お世辞じゃないんだよ、奈々子。しかし私は調和というものがいちばん好きだ。年のせいかもしれないが、調和ほど美しいものはないと思っている。君と私が友だちになっても、調和の美しさはありえない。君が同年輩の青年と愛し合うのを見たら、私は第三者としてどんなに美しいと思うだろう。ね、私の言う意味はわかるね」

「でも、社長さんとマダムは……」

せきあげる思いで言ってしまってから、金杉の表情が曇るのを見て、奈々子は言いすぎに気づいた。

「そうだ、君の言うとおりだ。第三者の目から見たら、私と若い美子はたしかに不調和だ。私はいつもその不調和に苦しんでいるんだよ。わかるかね、奈々子。私のような年になると、第三者の立場で自分を見ることもできるんだ。そうして私たちをながめた場合、この不調和は決して美しくない。……しかも私はあきらめ切れないんだ」

「わかりましたわ」

奈々子はしんみりと言った。コーヒーをのみのこした金杉は、ふと胃のあたりを押えて、

「どうもコーヒーは胃にわるい。胃が妙だ」

「大丈夫ですの、社長さん」

「大丈夫だよ」

「マダムのお留守中の胃潰瘍もとうとうマダムへお知らせにならなかったんですわね。心配なさるからって。……軽くて、すぐお治りになったからよかったけれど」

六

六時まではまだ間があったので、奈々子を店へかえした金杉は、新宿の町で映画でも見て、時間をつぶそうと考えた。こんなときには気晴らしに、ドタバタ喜劇か西部劇がよかった。彼は、疾走する幌《ほろ》馬車《ばしゃ》の前に二挺拳銃の西部の若者が立ちはだかっている看板を見上げて、立止った。こうしてさっき次郎が見たのと同じ映画を、偶然、金杉が見たのである。

画面では真昼のシンとした街角で、果し合いが行われていた。何も知らずにこの町へ入って来た他国者の馬に、流れ弾が当って馬は棒立ちになった。……しかし見

ている金杉は心なぐさまない。何のために会社を休んでいるのか、こうして美子の行状にただハラハラして、昼間から子供の見るような映画を見たり、夜は夜でこの寒空に、自分の女の跡をつけて歩かなければならないとは！　彼はとなりでポリポリ音をさせて、画面が緊迫すると音を止めながら、南京豆のにおいをあたりにひろげている中学生の看客の横顔を見た。君たちの年ごろがいちばん仕合せだよ、と肩でもたたいてやりたい気持になった。

六時すこし前に、金杉は、新橋の蔵前工業会館の裏手にあるしゃれた喫茶店アランの前まで行った。幅が一米《メートル》たらずの路地をへだてて、アランの前にもドニイズという喫茶店がある。彼はそこへ入って、コーヒーはよして、温かいミルクを注文した。外套の襟を立て、総硝子《そうガラス》の入口からじっとアランの入口を監視した。

美子は女にしては待合せの時刻が正確である。六時きっちりに、美子のミンクの外套が金杉のすぐ目の先を横切った。寒そうに口もとまで襟に埋め、美しい鼻すじの横顔を見せて。

『ああ！　自分の女が！』

何でもないことだ。金杉がもしこんなスーパー紳士でなければ、出て行って女の襟をわしづかみにすればいいのだ。しかしそれの出来ないのが金杉の身上《しんじょう》である。

六時五分すぎに、栗原正が、古ぼけた鞄をぶらさげて、路地がふさがるほど幅のひろい体で、アランのガラスのドアを押した。

廿分《にじつぷん》も待つと、二人は出て来た。

金杉は勘定を払って、ドニイズを出て、見えがくれに二人のあとをつけた。

二人はそれから新橋駅へ行き、駅の中の雑踏をとおりぬけて、西口の広場へ出た。

『まさか温泉マークで御休憩というわけじゃなかろうな』

広場の夜の人ごみをとおりぬけると、鳥森神社へ曲る道をとおりすぎて、一軒の日本建築の料亭へ二人は入った。そこは以前たびたび金杉が美子と行った牛肉のチュウチュウ焼のうまい店で、店の特色は四畳半ずつの一間で水入らずで食事が出来ることである。

二人が入ってからしばらく待って、金杉は一間へ上ると、女中に、女将《おかみ》を呼んでくれとたのんだ。

「まあ、旦那、お久しぶり」

女将は白を切って、わざと大袈裟《おおげさ》なあいさつをしたが、金杉が大枚のチップをにぎらせると、四五十分してアタフタとやって来た。

「今、あちらさんがお立ちですよ。旦那。……でも御心配なさるようなことはありませんよ。私こそ心配で何度も用にかこつけて見に行きましたけど、きれいなもんですよ、あのお二人は」

七

店を出た二人はタクシーに乗るでもなく、又寒空をブラブラ歩き出したが、夜の寒さは金杉の身にしみて、こうなったら自分の方でタクシーに乗って、タクシーであとをつけてもらいたいくらいだった。

正と美子は電車通りを渡ってから、田村町の方角へ向った。さらに右に折れて、第一ホテルの裏の四つ角を左へ曲った。そしてマイアミ・ダンスホールへ入った。二人が入ったあとから、しばらくして金杉はティケットを買って入ったが、こういうところへ来るのは久しぶりで勝手がわからない。名は同じでも、むかし若いころの金杉が来たホールとは、すべての点で雰囲気がちがっている。そのむかしのホールではすべてがオットリしていて、上品だった。夏など、汗ばんだ手でダンサーのドレスが汚れぬように、ハンカチを隔てて背中を支えるのが紳士のたしなみとされたものである。

薄暗いホールはただ大入満員だった。星空をえがいた天井にはクリスマスを祝うモールがはりめぐらされ、バンドの舞台には大きなクリスマス・ツリーが立っていた。背景は雪に包まれた外国の村の景色で、

Merry X'mas

という銀紙の字が虹《にじ》の形に弧をえがいていた。曲はあたかも、ホワイト・クリスマスを奏でており、こういうところへ来る連中は、これから本当のクリスマスまで三週間以上も、毎晩クリスマスをやらかすらしい。これではキリストが何十人も生れて都合のわるいことになるであろう。

わざと壁際の暗い席をとって、金杉は老眼の遠目を幸い、踊っている人々の群の中から二人の姿を見分けようと試みた。

「踊りになりません？」

「いや、私は野暮で踊れないんだ」

席にはべった手持無沙汰《てもちぶさた》のダンサーは、遠慮会釈もなく大きな欠伸《あくび》をした。中には中年や初老もいるが、ほとんどの男女は若い。彼らは夢心地に身をゆすっている。あるいはたのしげに談笑しながら踊っている。

見おぼえのあるスーツと大男の背広があらわれた。ダンスは巧みであった。美子は安心し切って身を委《まか》せて、正の肩に頬をもたせていた。二人とも一切わき見をしない。かわるがわる見える二人の横顔は、純潔な若さにあふれ、何か正が言いかけると仰向いて笑う美子の微笑は、ついぞ金杉の見たことのない、無邪気な活々《いきいき》とした微笑である。この二人の間を疑う人間のほうが汚ないものに思われた。

……金杉は目をつぶった。

『あれこそは調和だ。若さだ。私なんぞの出る幕じゃない』

その場に居たたまれなくなって、おどろくダンサーを尻目に、彼は席を立った。

——家へかえった金杉は、それから三四十分して美子がかえって来たので、いわば彼女の潔白を知ったのも同然で、この妥協性に富んだ年老いた恋人は、満面に喜色をたたえて美子を迎えた。

「二階の戸じまりはまだだわね」

「はあ」と女中がぼんやりした声で答えた。

着かえに二階へ上った美子の金切声がきこえたので、暖炉のそばのひとときの安堵を破られた金杉は、思わず安楽椅子から腰を浮かした。

あらし

一

インキ染めの花嫁衣裳
春原美子《よしこ》さんの御難
犯人は同業者の嫉妬か？

朝刊の三面記事に出たこんな見出しを、正《ただし》が見ておどろいたのは、あいびきの翌々朝、会社へ出てからのことである。美子は気がクサクサして寝込んでしまったので、正へ電話でしらせるすべもなかったのであった。

会社がひけたら、美子の店をたずねようと思う。しかし来年正月の会社対抗の大試合が近づいているので、半ば習慣で、会社がひけるとすぐ五階の道場へ上った。

日本橋界隈のビル街の灯を見渡す窓と、コンクリートの広間に百畳敷の道場は、ちょっと奇抜な対照だった。

正がわざわざ同僚の古を借りてやった少しダブダブの柔道着を着た次郎が、待ちかねていて、馬鹿丁寧に頭を下げた。

「おねがいします」

その見上げた目が正の目と合ったとき、妙な具合にたじろいだので、フト正は直感で今朝の三面記事の大見出しを思い出した。

「さあ、かかって来い」

「はいッ」

次郎はいつも、牛が頭を下げて角をふり立てて来るような格好でガムシャラにかかって来るので、つい浮き腰になる。

「ソラッ、腰！　腰！」

と注意すると、腰を落して正と見合った目が、又してもまぶしい目つきに見えた。

「ソラッ、行くぞ」

正の大外刈は軽くかかって、少年は畳をたたく受身の音ばかり景気よく引っくり返った。

「今度は支釣込足《ささえつりこみあし》だ。……それじゃ掛らんぞ。折角右足を出してやってるのが、わからないか。……そうだ、ソウレ」

正は倒されて、立上って、

「よォし、うまくなったぞ」

と、めったに言わない褒言葉を言った。次郎はうれしさに、泣きそうな顔を充血させて、またシャニムニかかって来た。

いつもよりたっぷり稽古をつけてやると、正は対抗会社の強敵、本多製鋼の松山四段との稽古に臨みながら、次郎をかえり見て、こう言った。

「あとで話があるから、着換室のとなりの第三応接室で待っていろ」

——稽古が一通りおわって、正が肉の盛り上った裸身の汗をふき、洋服を着て、第三応接室へ行ってみると、寒々とした部屋の椅子に、次郎は浅く腰かけて、身をかがめて、正を待っていた。壁の装飾は大きな世界地図だけで、松の盆栽もラッカー塗りの丸テエブルも、うすく埃《ほこり》をかぶっている。

「今朝の新聞をよんだか？」

と正が、一服火をつけて、うつむいている次郎の前へ煙をただよわせてから、きいた。

「へえ、よみました、親分」

「これから僕のきくことが、もしマチガイだったら、僕をなぐってくれ。力いっぱいなぐってもかまわん。しかし正直に返事をしてくれ。いいな。嘘はつかんと約束するな」

「よし。美子さんの家で、大事な洋服がインキで汚されたり、切られたりした。あれをやったのは、貴様とちがうか？」

「ハイ」

二

次郎はぼんやり黙っていた。眠っていた子供が起されて、キョトンと床の上に座っているような顔つきだった。

「貴様じゃないな」

正の声はガランとした部屋の四壁から反響した。次郎はまだ頑強に黙っていた。

「貴様でなければ、それでよろしい」

すると次郎は、蝶番《ちようつがい》がはずれたようにガクンと首を落した。涙が見る見るあふれてきて、大きな口がふるえた。

「やったのはよォ、このおれです」

彼は指を妙なほうからもって来て、大きくまわして、自分の胸を指した。

「馬鹿野郎」

正がどなった。その大音声は、人がかえったあとのビルの部屋部屋にひびき渡ったろうと思われた。

「あれほど僕が言ったのに、わからんのか。もう決して悪いことはしないと誓ったじゃないか。男が誓いを破ったら、もう男じゃないぞ。……僕は、柔道の力で貴様の土性骨をたたき直せると思って稽古をつけてやった。それも今となっちゃ、甘い考えだった。泣くな。貴様より僕のほうがよっぽど悲しい。……おい、何か言え。貴様、どうしてあんなことをやった。わけがあったら言ってみろ。何が原因であんなことをやった。言えないことはないだろう。エ、言ってみろ」

次郎は水っぱなをすすりながら、黙り込んだ。うつむいてクシャクシャになった顔が、いつもよりはれ上ったような感じであった。

『わけは言えない。これだけは死んでも言えない』

次郎は心の中でそう決心した。

まだ兄貴はあの女に騙《だま》されていることを知らないだろう。それをおれの口から言うことは、死んでもできない。その面当《つらあ》てにやったことをここで言うくらいなら、舌をかみ切って死んだほうがマシだった。

「どうして言えない。言ってみろ」

次郎は黙りつづけて、手の甲と掌を水っぱなと涙で光らせるばかりである。

「言いたくなけりゃ、きくまい。今度のことは警察には言わんでやる。僕の胸に畳んでおいてやる。それだけは心配するな。しかし柔道のほうは、今日限り破門だぞ。僕の寮や会社へももう顔を出すな。貴様も可哀想な奴だが、もう面倒は見てやれない」

「親分。破門だけはどうか」

「どうか、それだけは。警察へ言って下すってもいいからよォ、破門だけは、どうか。親分のお顔を見ないで暮せなんて、おれに死ねというようなものです。ねえ、どうか、親分」

「芝居がかりはよせ、僕はヤクザじゃない」

次郎はすんでのところで、言うまいと思ったことを言おうとしたが、あきらめて立ち上った。

「それじゃ、兄貴、いろいろお世話になりました。御恩は一生忘れません」

正は椅子に正しく座って、目をとじたまま、目礼を返した。しかしドアを出ようとする次郎に大声で呼びかけて、こう言った。

「何か盗ったものはないだろうな。あったら置いてゆけ、僕が返してやる」

「ハイ」――その消えそうなハイを最後に次郎が出て行ったあと、正がテエブルの上に見たのは、ポケットに入れていたせいか皺《しわ》くちゃになった、美しい桃色のスリッパの片方であった。

三

次郎がかえってしばらくしてから、正はとんだお土産をもらったことに気がついた。桃色のスリッパの片方である。

善良な正は、この証拠物件をしらん顔をして、芥溜《ごみため》か何かに放り込んでしまうこともできないし、美子の素足がいつも触れているこんな入手困難な代物をネコババをしてしまうこともできない。手に持っていればいるほど、自分が盗んだもののような気がして、気が咎《とが》めるのである。

『正、いつも正義を行うことですよ。いつも弱きを護ることですよ』

亡くなった母の教訓が心にしみる。

彼はすっかり弱って、丸一日考え込んだ。いい考えはうかばなかった。あくる日の執務は落ちつかなくて、ヘマばかりやった。ボーナスの率の計算をまちがえる。書類におす「人事課」の判をまちがえて「極秘」の判なんかをおしてしまう。

「何か悩みがあるらしいわね」

お茶をこぼしてぬらしてしまった履歴書のつづり込みを、ストーヴで乾かしている正のそばを通りながら、例の老嬢のタイピストが、耳もとに口をよせてこんなことを言ってすぎた。

彼は今晩こそ美子の店へ行こうと思った。

電話をかけた。美子が出て来て、八時の店じまいに来てくれと言った。彼は新聞紙に包んで来たスリッパに、そっと鞄へ手を入れてさわってみた。

その日は午後から、霙《みぞれ》まじりの強風になった。歳末大売出しの旗ははげしくはためいて、街にはあらしの気配がみちた。ひどく寒かった。

彼は稽古をすますと、寒い町へ出て、ひとりで中華そばの店へ入った。傘をとじて、店へ入って、自分のぬれた外套を見下ろすと、白い点々が、見る見るとけて、外套の生地《きじ》の黒にまぎれるのがわかった。雪がまじって来たらしかった。

一人でたべる中華そばはまずかった。

『次郎があんな奴でなければなあ』

今でも決して次郎を憎んでいない自分を、正は知った。

——ベレニス洋裁店では、閉店真際までネバっている客があった。美子は傍目《はため》にもイライラして、そのお客を片付けると、入口まで見送ってから、正へふりかえって、

「よく来て下すったわ。新聞ごらんになった？」

「見ました。お見舞に来たんです」

「うれしいわ。あの事件はほんとにショックだった。女にとって、キモノを台無しにされたことがどんな気持がするものか、男の方にはとてもわからないくらいよ」

「お気の毒です」

正はスリッパを出すキッカケがどうしてもつかめなくて、黙ってしまった。まだ戸じまりのしていない店の外を、ヒョウヒョウと風のほえる声が渡り、行人の影は少なかった。

正は黙ったまま、椅子に腰を下ろし、ソロソロと鞄をあけ、巨大な焼芋のような無格好な新聞紙の包みをとりだして、テエブルに置いた。いつのまにか破れていた紙の間から、兎の毛と桃色の絹がのぞいた。

「アラ」

と美子は思わず紙包を解いて、スリッパを手にとったとき、入口のドアに乱暴に体当りをして、ころげ込んで来た男があった。

四

入って来たのは、ベロベロに酔っぱらった阪本画伯で、傘をさして来なかった髪は乱れ、顔はまっ青で、ひろい額ばかりが白い。

彼はいきなり美子の肩をつかむと、

「一寸《ちょっと》話があるんだ。何の話かわかるだろう」

「マダムに乱暴しないでちょうだい」

桃子が立ちふさがった。

するとと意外にも美子はおとなしく、

「わかったわ。二階に来てちょうだい」

酔っぱらいの腰を押して階段を上りながら、

「正さん、一寸待っていてね」

それきり二人の姿は二階へ消えた。ややあって、ガラスのわれるおそろしい音が、戸外のあらしの声にまじって二階からひびいた。

「栗原さん、心配だわ。一緒に来て」と桃子。

「でも立ちぎきはよくありません」と正。

「こんな場合、仕方がないわ。マダムにもしものことがあったらどうするのよ」

二人は階段をかけ上って、ドアの前の暗がりに身をひそめて聴耳を立てた。

阪本の濁った声がわめいていた。

「おい、ここまでおれをじらせて、しっぺ返しをしようなんて根性は見えすいてるんだ。おれが君の許婚《いいなずけ》で、金杉がパパだ？　下らないおままごとはよしてくれ。おれは君の昔の男で、今の君は金杉のお妾《めかけ》じゃないか。……それが悪いとはいわないよ。おれはだまって見ているよ。しかしいつも、シャアシャアした面《つら》をして、おれをあやつっているつもりなら、見当ちがいだぜ。おれはそこらの、生っちろい、ヒョロヒョロ画かきとはちがうんだぜ」

美子の返事が全くきこえないのが、不気味である。

「……フン、なんだ、そのふてくされた面は。……貴婦人ぶりやがって。……今晩、君がおれについて来なけりゃあ、考えがあるよ」

しばらく沈黙があった。ガタンという音がして、ドアの外の二人は緊張した。しかし力の脱けたようなその音は、阪本が床にひざまずいた音らしかった。

「……オイ、美子。君は何だって、そんなつれない顔をしていてたのしいんだ。たのむから、おれとヨリをもどしてくれ。いつまでも、とは言わない。一度でいいんだ。一遍コッキリでいいんだ。……な、たのむからさ、かわいい美子ちゃん。モン・ビジュー（私の宝石）、モン・トレゾール（私の宝物）、モン・プチ・ロシニョル（私の小さい鶯《うぐいす》）……」

またしばらく沈黙があった。阪本の声は又高くなって、

「勝手にしろ。それじゃあ君は、おれが金杉のところへ行って、洗いざらいブチま

けてもいいんだな、君が十七の年に、男と駈落ちしたことも。男と別れてから、しばらく四五人の男たちに、タライまわしで養われていたことも、それからおれが拾ってやったことも。そのときおれが……」

「阪本さん！」——はじめて美子の声がひびいた。「それだけはおねがいだから……」

「それじゃあ言うことをきくんだね」

気味のわるいほどやさしい声で阪本が言った。彼の体が美子の体に倒れかかる音がした。

正はドアを蹴って、とび込んだ。ふりむいた阪本は手早く眼鏡を外して身構えた。正が向ってゆくと、ぎっちょの左手でかかって来た。二人が組み合ったのはドアの閾《しきい》のところで、正が阪本の胸倉をとると、力一杯それを払いのけた阪本は、勢いあまって、浮いた体は階段を真逆様にすべり落ちた。

五

その間、正はほとんど力をふるわなかったので、大音響と共に阪本の体が、階段を真逆様に、ジャンプしながら落ちてゆくのを見ると、茫然としてしまった。

やがて正と桃子と美子は、争って階段をかけ下りた。阪本画伯は鼻血を出して、リノリュームの床にあおむけにノビていた。

「活を入れましょう」

正がその目をつぶった顔を見下ろして言った。そしてその動作にかかろうとすると、

「あ、よして！」——美子が鋭くとめた。「お医者様が来るまで、そっとしといた方がいいわ。桃子、原田病院へすぐ電話をかけてちょうだい。よっぱらって、階段からおちた人がいるって」

美子はそこに正がいるのを無視しているようなキビキビした口調で言った。髪は乱れ、顔いろは大層青い。正は、そのとき、正自身ばかりでなく、正の柔道の心得までも無視されたようなさびしさを味わった。

ところが美子が正を見ないのは、別の理由からだった。今起った事件よりも、その前にうけたはずかしめのために、正の顔をまともに見ることができないのだった。

美子は皆を指図して、店のソファの上へ、阪本の体を運ばせた。これには正の助力がどうしても要った。小使がぼんやり立っているので、

「早く戸じまりをしてちょうだい」

と美子が鋭く言った。

美子の心には、自分でも説明のつかない混乱があった。彼女の耳は戸外のあらし

の音ばかりをきいていた。彼女の目は、力を失ったまっ青な阪本の顔を見た。無精《ぶしょう》鬚《ひげ》が少し生えて、日ごろのお洒落《しゃれ》な顔の中から、荒れはてた恋の悩みが浮き出ていた。彼女はダラリと下った阪本の手をとりあげた。毛深いが、静脈の青く浮いた神経質なその手は、他人の手ではなかった。のみならずその指にある大きなオパールの指環は、むかしから同じ指にあったものである。……彼女は居たたまれなくなって、阪本の胸に顔を伏せて泣いた。泣きながら、卓上電話で病院と話している桃子の平気な可愛らしい声を、いら立たしくきいた。

正はなすすべもなく立っていた。美子が泣きやんで、ハンカチを出したのを見て、言った。

「大丈夫です。僕の見たところじゃ、大したことはありません」

美子は目をあげた。正を見、テエブルの上のスリッパを見た。絶望的なはずかしさが、自分でもわからない怒りになった。

「そのスリッパどうしたの？　わけを仰言《おっしゃ》ってちょうだい。泥棒の糸を引いているのはあなたなのね。そうでなかったら、泥棒の名をおっしゃい」

「それは言えません」

「あなたったら、私の秘密をみんなきいておいて、自分の秘密だけはおっしゃらないのね」――彼女は気ちがいじみて笑い出した。「私がパンパンなら、あなたは泥棒よ。もうお帰りになって。お医者が来ると面倒だから、早く帰って。もうお目にかからないわ。私が会いたい気持になるまで、もう会いたくない」

正はやむなく、あらしの裏口へ歩を向けた。

「では、さようなら。あなたが会いたくなるまで、それまで、僕、待っています」

松の内

一

金杉の家の新年は、客が多い。金杉は東京を逃げ出して、どこかの温泉地で頬かむりの新年を送りたいと思っていたが、美子《よしこ》が承知しなかった。美子との同棲がはじまって以来、金杉のウルサがたの親戚連は足を絶っていたが、会社の連中やら、美子の店の関係の人たちやらの年賀の客で、連日家の中はタダで飲み食いできるクラブみたいなありさまであった。

なかには家内の混雑に遠慮して、名刺だけ置いて帰って行く賀客もあった。漆塗りの三方形の名刺受は、かなり底が深かったが、蓋《ふた》の雲形の穴から一枚の名刺が投げ込まれると、乾いた落葉のようなカサリという音を立てた。部屋部屋はザワザワしていて、そんな音に気のつく人は一人もなく、美子は、だれも来ないのに名刺がたまるなんて怪談みたいだ、と思うのであった。そしてこの間の洋服事件を思い出してゾッとした。用心のために、玄関のドアに鍵をかけることにした。するといやでもベルが鳴り、玄関へ迎えに出ねばならず、迎えに出た以上、家へ上げなければならず、おかげで飲み食いするお客の数は、名刺の数だけふえることになってしまった。

三日の晩は、それでもほぼ内輪だけの集まりになった。というのは、美子がフランスからかえった晩のメンバアに、図々しい阪本画伯を加えた九人である。

暖炉の火はあかあかと景気よくたかれ、薪はパチパチとはねた。そのまだ生の木肌からは、新鮮な樹液が泡立って流れた。それを見ると、田舎の林の樹々の、来る春の芽吹きが思われるのであった。

口取の重箱やお屠蘇《とそ》や、白葡萄酒やそのグラスや、伊勢えびのサラダ、カナッペなどの美しい皿は、暖炉の火からやや遠い中華風の低い紫檀《したん》のテエブルの上にあった。部屋は暖炉の火とスタンドの明りだけにしてあったので、重箱の蒔絵《まきえ》は火明りに美しく映え、葡萄酒のグラスはちらちらと炎のうごきを映した。

暖炉のそばには笠田夫人が、頑張って、一人でしゃべっていた。どうせ来たお歳暮が八畳一間に置ききれなかったとでもいう、下らないダボラであろう。金杉と阪本は、炉棚の両わきにもたれて立って、笠田夫人の話で、ときどき目を見交わして笑っていた。金杉は阪本と目が合うと、本当は避けたいのだが、仕方なく調子を合わして笑ってしまうという調子である。

めずらしい着物姿の美子が、夫人のそばの椅子から立って、桃子のとなりへ来て笑って言った。

「桃子ね、キントンをみんなたべちゃったのは」

桃子は答えないで、舌を出した。お正月が何がたのしみかといえば、キントンがあるからだ。キントンに甘い口で、何故ともなく思い出した。

『正《ただし》さんはどうしているかしら?』

二

栗原正の新年は寂しかった。

第一、母の喪中で、年始まわりをしない。人も遠慮して、年始に来ない。お正月気分と言ったら、寮の殺風景な食堂で、お屠蘇と雑煮と、歯にしみるほど冷たい膾《なます》の味を味わったくらいである。

四日の日曜になると、ますますお正月らしくなかった。会社は五日からで、今日が休みの最後の日なのであるが、国へ帰省している社員も多く、ひっそりとした寮の、裏庭のほうからきこえる、管理人の子供達のそれらしい羽根突きの音をのぞいては、あいかわらず散らかしっぱなしの部屋の中には、年が移ったとも思われなかった。

母の写真を飾った小机の上だけは、きれいにみがかれて、一輪差の花瓶に水仙がさされていた。そのあたりだけ、汚ない部屋の中にすみきった空気があった。

正は紺絣《こんがすり》の着物で万年床にあおむけに寝ころがって、雑誌の連載漫画を読んでいたが、ふと写真のほうを見て、ニッコリして、

「お母さん」

とつぶやいた。この大男はひとりぽっちになると、たよりになるのは死んだ母親一人だった。

「見ていて下さい。今度の試合には、きっと勝ってみせますよ」

彼は心の内で、母がのこしておいたわずかな貯金を、暮のあいだの美子との付合で、少なからず引出してしまったことを母にわびた。その金はいわば無駄金だった。しかし美子のあのあらしの夜の、ひどい絶交宣言を思い出すと、不思議に怒りはわかず、あわれみがわいた。

『あの人も可哀想な女だ』

はじめから美子の貴婦人気取にほれたわけではない正は、美子の正体がバレたこと自体には、大して値引の必要がないわけである。嘘をついてだましていたことが、許せないといえばいえるが、一ヶ月も会わないうちに、彼は彼女の欠点をみんな許

して、しかもまだ彼女を忘れ切れない自分に気づいた。

『そうだ。今日から初稽古をしよう。柔道に打込んで他のことは忘れよう』

――会社対抗の大試合は目前に迫っており、日曜というのに、行ってみると鉄鋼会館の道場は盛況であった。対抗の会社の選手が呉越同舟で稽古をしているから、はげみにもなり、すこし怠ければ、会社の体面にもかかわることになる。

稽古着に着かえて道場へ出ると、彼は何もかも忘れて、さわやかな気持になった。

対抗試合の強敵本多製鋼の松山四段が、

「おねがいします」

と高段者の正に頭を下げて、稽古をたのんだ。

二人の若い巨軀《きょく》は、ゆったりと組み合ったが、

「はッ」

松山が出足払いをかけようとしてかけそこなった。またしばらく腰を落した澱《よど》んだ動きが流れて、

「はッ」

正は小外刈をかけようとして、意外にも巧く行かない。この好敵手がいかに稽古を積んでいるかがわかって、油断がならぬと思った。

そのとき正は入口に立って稽古を見ている真紅のオーバアの桃子に気づいた。

三

「やあ、おめでとう。よくここにいることがわかりましたね」

正は柔道着の袖で額の汗をぬぐいながら、言った。

「さっき寮へお電話したら、こちらへ来てらっしゃるってきいたもんで」

正は故しらず胸がとどろいた。美子のたよりがきけると思ったのである。

しかし桃子は、美子のことは何も言わず、

「喪中のお正月で、おさびしいでしょう。毎日何していらっしゃるの？」

「きのうまで昼寝、今日からは柔道です」

「あたしね、栗原さんはどうしていらっしゃるかと思っていたわ。自分ばかり遊んでいちゃ悪いような気がして」

「それはどうもありがとう」

「どこかへ遊びに行かない」

「もう一ト稽古しますから。――待っててもらえますか」

――稽古がすむと、二人でエレヴェーターに乗って下へ下りた。桃子はエレヴェーターの中の、輪飾りを下げた鏡にむかって、ちょっと髪に手をやってみた。彼女はいつも、びっくりしたような目つきで、鏡を見る癖があった。

天気はよいが、冷たい風が埃《ほこり》を舞い立てている戸外へ出ると、ほうぼうのビルの前に衛兵のように立っている静かな門松を見渡して、正は、

「映画でも見ますかね」

「どこも満員で大変よ。それよりスケートに行きましょう」

「僕はスケートはできません」

「あら、かまわないわ。あたし巧いんですもの」

正はベレニス洋裁店の連中は、みんなマダムに見習ってわがままだと思った。

――東京駅まで歩いて省線に乗り、二人は浜松町で下りて、芝大門へむかって歩いた。

スケート・センターの大きな格納庫の屋根が見えた。正が入口の切符売場で、一時間の滑走料二人二百円と、貸靴料二人百円を払った。美子との付合より大分安かった。入口の赤いタイル張りの大きな柱のあいだをとおって、中央に張ったネットごしにリンクを見ると、スケータア・ワルツの流れわたる四百坪の氷の上には、群衆の顔が、町を歩くときとはまるでちがったスピードで、一斉にこちらへ向ってすべって来ていた。

クロークに外套と靴をあずけ、竹の籠から貸サンダルをつまみ上げてそれを足に

つっかけると、桃子は不案内な正の先に立って、どんどん改札口をとおって、スケート靴をはきに入った。

「つかまっていらっしゃい」

スケート靴をはくと、正はまるで竹馬に乗ったようで、リンクのフェンスのところまでゆくのがやっとだったが、そこまで行くと、黄いろい椅子に腰かけてタバコに火をつけた。

「大丈夫よ。教えて上げるわよ」

「ちょっと一服させて下さい」

光りに映えた四百坪の氷面は象牙いろの艶《つや》で美しく、赤い帽子に赤いセータアのコーチャーがすべる人々の間を縫っていたが、ふとそのむこうを、背中に手を組んで前かがみに、燕《つばめ》のようにすぎた横顔を見て、正はオヤと思った。

四

その横顔は、とっさのことで、どうしても思い出す人間の名と結び付かない。

気づかない桃子は先に立って、

「大丈夫よ。手をつないで上げるから」

桃子はレモン色のセーターに黒いスカートで、まるで水鳥のようなバランスの美しさを誇示して、氷の上を平気の平左で歩いていたが、もう大丈夫と思って、正を歩かせようとしたとたん、正は足が捻《ねじ》れたようになって、みごとに尻餅をついてしまった。

柔道五段はへっぴり腰で氷の上へ出たが、たちまち体中の歯車がバラバラに外れたような気がして、あわててフェンスにかじりついた。

「フェンスにたよっちゃ駄目よ。手すりはちゃんと係りの人がみがいてくれるから、お客さまはみがかなくてもいいのよ」

「ヤレヤレ」

よろよろ立ち上った大男が、フェンスにとりつこうとして、又そこですっころがったので、手を組んで滑っている若い男女の一組は、笑いを含んだ目を見交わしたまま、すぐそばを滑ってすぎた。

正はフェンスによりかかって汗をふいた。

「こいつあ、僕には無理だ」

「すぐ巧くなるわよ。柔道と同じコツですもの」

ベルが鳴って、ワルツが西部音楽にかわると、今まで右まわりにリンクをめぐっていたスケーターたち、おおむね若く、男女の学生がほとんどで、中に足の長い紺のセーラー服のアメリカ水兵の四五人をまじえた彼らは、水槽の中の目高の群が一斉に向きをかえて泳ぎ出すように、小気味よく左まわりになって、滑り出した。

又、正の目を、さっきの横顔がよぎった。

黒い徳利《とっくり》のセーターに身を固めた根住次郎だった。

『あ』

と思うマもなく、背中に手を組んだベント・フォーム（屈身姿勢）の次郎は、得意気に身をひねって、群衆の間を滑り抜け、四百坪のリンクの一周を、十五秒ほどでまわってくると、又目の前を横切った。

正はその姿を目で追った。ふと思い当ることがあった。

『あっ、そうだったのか。ファッション・ショウの日、あんな女にもう会うな、と一人で憤慨していたっけが、あのあとで事件を起したんだ。次郎という奴は、何かワケがなければ、悪いことをしない奴だ。あのときあいつは、美子の嘘を知って憤慨したんだな。あの事件は僕への忠義立のつもりだったんだな。それを一言も言わずに、破門されて行ったあいつは、やっぱりいいところがある。あんなにひどく叱るんじゃなかった』

「何を考えていらっしゃるの？」と桃子が、

「私一人で滑って来てもいい？」

「どうぞ」

桃子は軽やかにスケートの群のなかへまぎれ入った。正はまだ次郎のことばかり考えて、

『しかし、あの盗癖や悪い癖が直らないうちは、甘い顔をしてはいけないな』

そのとき正に気づいた次郎が、まっすぐフェンスのほうへ向って来た。

五

次郎の顔はショげていて、態度はオズオズしていた。目の合った正が、ソッポを向くでもなかったので、やっと安心してそばまで来て、ピョコリと頭を下げた。

「兄貴、お久しゅうございます」

「やあ」

正は照れかくしも半分あって、コワイ顔で会釈を返したが、そのとたんに、足がまたスルスルと遠くへ逃げて、ころびかかる体ごと、フェンスにしがみついてようやく身を支えた。

「兄貴はスケートははじめてですか」

「ああ、はじめてだ」

「アラ、お友だち?」

いつのまにか桃子が正のそばへ来ていた。

「紹介します。こちらは根住君、こちらは桃子さん」

「兄貴にはいつもお世話になっております」

「兄貴ってだあれ」

「兄貴はよせ。根住君にはもと柔道を教えてやっていたんです」

三人はフェンスの外の黄いろい椅子に並んでかけた。氷の上から吹きかよう風が、ちっとも運動をしていない正には寒かった。

「それはそうと、栗原さんの会社対抗試合はいつなの?」

「十五日の成人の日です」

「場所は?」

「講道館」

「行きたいなあ。でもお店には祭日も日曜もないでしょ。行けるかどうかわからないわ。つまんないの」

桃子は口をとがらせて、チラリと次郎の顔をのぞき見たが、そのシシッ鼻とごく小さな目と、耳まで裂けそうな口をお上品につぐんだ口もとを見たトタンに、プッと吹き出しそうになって、あわてて横を向いた。

「ほんのお礼心ですが」と次郎が、又いつもの御大層な調子で切り出して、「兄貴にスケートをお教えしましょうか」

「栗原さんはまだムリなのよ」

「おれがよォ、何とかして教えるからよォ」

「それじゃ私はよォ」と桃子は口真似をして「勝手に滑ってくるからよォ、あとはたのんだわよォ」

桃子がはるか彼方《かなた》へ滑って行ってしまうと、次郎は正の手をとって、

「大丈夫ですよ。まず、歩くことからはじめればいいんです。足をそろえないで、へえ、そうです。股をややひらいて、右足を半歩前に出して、へえ、そうです。重心の安定をはかるんです。はじめは足を氷から離さないで、両足交互に摺《す》るようにして前へ進みます。ほら、歩けるでしょう。簡単ですよ、おれの言うとおりにすればよォ」

二三歩行くと、栗原正は急に体中がグラグラして、思わず次郎の肩につかまったので、この巨体につぶされた次郎も尻餅をつき、正は折り重なってその上に倒れた。やっと起き上って、手すりにしがみついた正が、次郎へ向ってうかべた笑顔に力を得て、

「兄貴、試合を見に行ってもいいですか？」

「ああ、受付で僕の名を言って入れてもらえ」

「ありがとうございます、兄貴」

桃子が又ちかくへ来たので、次郎は何故ともしれず、一さんにそこをすべって離れた。

大試合

一

十五日まで、正《ただし》は酒と煙草を断って節制した。会社のほうも、大将の正に勝たせたい一心で、執務がおそろかになるのは大目に見てくれた。彼は稽古に専念した。

その朝が来ると、寮の管理人の家族は、自分の息子を試合に出すように緊張した。彼に卵をのませてくれ、一家そろって神棚を拝んで祈願した。講道館までは特に会社から差まわしの自動車に乗って行ったが、それには同じ寮の人事課長や、主だった二三人が同乗した。

さわやかな、寒い朝だった。十一時にはじまるので、寮を出たのは九時である。彼は元航研前から元一高裏にかよう道路の右方に、青空に大きく枯枝をひろげている冬木の一つらを見た。その梢《こずえ》に、冬のキメのこまかい真綿のような雲がうかんでいたが、その雲の形が、丁度、裁縫をしている時など、かがみ込んで小さく座っているお袋の姿に似ていた。

『お母さん、勝ってくるよ』

柔道五段は雲のほうへ目じらせした。

フランスまで行って試合なれのしている彼は、むしろ平静な気持だったが、外国からかえって最初の試合だと思うと、それ相応の気構えはあった。外国へ行ってから駄目になったなどと、すぐ言いかねない世間だからで、世間はいつも強者のつまずくのを待っている。

正自身より一生懸命なのは周囲のほうで、みんなが正に過大な期待をかけているのが見てとれた。試合の前日、会社の正の机の上には、ほうぼうの部課から激励のことづてがいっぱい来ていた。

「ガンバレ　総務課川崎《かわさき》」

「御奮闘をお祈りします　秘書課一同」

「はりきれ、われらのターザン　N」

——講道館の道場は、今日の試合のために、中央五十畳をかこって試合場に充て、周囲には椅子を並べて、観覧席を作っていた。そこに今日の試合に選手を送っている四つの会社が、それぞれ会社別の席を作っていた。東洋製鉄と、本多製鋼と、楽陽鉄材と、西日本製鉄の四会社であったが、籤引《くじびき》によって、正面の席には西日本が、裏正面には東洋製鉄が、東には楽陽、西には本多の関係者たちが、それぞれ居並んで試合場を囲んでいた。

正は更衣室で服を脱いだ。冷気が肌にしみて、心を引きしめた。新らしい柔道着の粗い肌ざわりは、素肌に鎧《よろい》を着るようで、勇気をわき立たせた。

会社の係の人がそこへ来て、

「今日は、予選のときは大将になっていただきます。予選で勝って決勝に残れば、作戦上、副将をつとめて下さい。予想では、うちと本多製鋼が勝ちのこって、あなたと松山四段が対決するのは当然ですから、わざとあなたを副将に立てて、そこで食いとめて、勝にしたいんです」

「そううまく行けばいいですがね」

正は自信の持主らしい、すこし陰気な、気弱そうな口調で言った。

試合場では、四社が最年長の社長、七十六歳の本多社長の開会の辞がはじまっていた。

「エー、エー、エー、本日は、エー」という有名な「エーづくし」のあいさつが。

二

美子《よしこ》は阪本から、

「十五日、柔道の試合に行って見ない？」

と誘われたとき、どういう魂胆か、しばらく察しがつかなかった。

そこは美子のいつものデンで、こう答えた。

「栗原さんが出るなら、行ってもいいわ」

そう答えれば、逆効果で、それ以上詮索《せんさく》のできなくなる阪本の性質を承知しているからである。果して阪本はこう答えた。

「出るよ。興味があったら、行きましょう」

美子は漠然とした気持でこの約束をとりきめたつもりでいた。彼女の心は正に会いたがっていたが、傷つけられた自尊心の憎しみが、本来なら傷つけた当人の阪本へ向うはずが、ひょんな成行から、罪のない正へ向って行ったのを、彼女は自分でも、うまく説明がつかずにいた。それはおそらく、単に、彼女が正を愛していたからにすぎなかったかもしれないのだが……。

その朝美子は、念入りのお化粧をした。三面鏡の前に永いこと座っていた。ラジオが時報をしらせた。アナウンサーが、

「お早うございます」

と言ったので、ぽっとしていた美子は、思わず、

「おはよう」

と返事を返して、赤くなって、あたりを見まわした。金杉はきのうから商用で大阪へ出かけていた。寝室にはだれもいなかった。

「婦人の時間でございます。皆さま御きげんいかがでございますか」

「御きげん？　少しよくってよ」

今度は、自分に対する遊戯の気持で、そう言った。とたんに彼女はさびしくなった。どうしようもないほどさびしくなった。棒紅を持った手は、重い鉄の棒を持ったように動かなくなった。

たくさんの過去をもっていることで、多くの男にちやほやされていることで、彼女は一人ぼっちだった。何の過去ももたない、男友達を一人しかもたない少女が、どんなに孤独を知らないで生きていることか！　美子はパリでの情事を思った。それはお互いに孤独を感じない先にいそいで別れてしまう、通り雨のようなさわやかな恋であった。

――「何だか顔いろがわるいね」――待合わした阪本は、すぐそれを言った。

「もっともそういう顔色のほうが君に似合うんだが」

「いいわよ。今度は両方のほっぺたに、真赤な日の丸を描いて出て来て上げるから」

――午《ひる》の食事のあとで、コーヒーをのみながら、美子はふと思いついたように、

「あなた、その柔道の試合に、どういう縁で招かれたの？」

「本多製鋼の社長が僕の絵のひいきでね。去年も二三枚買ってくれたんだよ。この社長が柔道きちがいの老人でね、今度の試合は必ず我社が勝つから見に来てくれというんだよ」

——行ってみると、予選がおわって、本多製鋼と東洋製鉄が勝ち残ったところで、美子が紹介された禿頭の老社長は、馬鹿にごきげんだった。

「画伯の恋人ですか。おきれいですな。ボッチャリのヴィーナスみたようですな」

半可通のハイカラをいうのが悪い癖である。社長のとなりの席に阪本と並んでおちついた美子は、試合場のむこうに座っている柔道着の正にいちはやく気づいた。

三

正はまだ美子に気づいていなかった。それどころではなかった。今度の決勝戦で、副将の正の次に、大将をつとめるべき高浜五段が、予選で右足を捻挫してしまった上、敵の本多製鋼では、今貼り出された決勝戦のビラを見ると、こちらの裏をかいて、例の強敵松山四段を、副将の次にすえているのである。そのビラはこうであった。

東洋製鉄

大将	五段	高浜
副将	五段	栗原
	三段	近藤
	三段	山口
	二段	大沢
	二段	小此木
	初段	村田
	初段	矢代

本多製鋼

大将	五段	宮内
副将	四段	本郷
	四段	松山
	四段	倉田
	三段	森
	二段	小林
	二段	大田原
	初段	神崎

――連絡係を買って出たフランス人のジャン・ベルトラン二段は、どこの会社とも関係のない篤学の人類学の学生だったが、パリへ行った栗原正に特別の親しみを感じて、弟子同様に彼に仕えている青年だった。日本人よりもっと日本的な、この青い目の柔道家は、日本語をわずか三年でマスターした。とんでもない言葉を知っていて、「江戸時代の文人墨客は、一口に言えば逃避的でしたね」とか、「今日は一点の雲もとどめない快晴の日ですね」とか言い出して、日本人をびっくりさせる。オミオツケが好きで、日本人の素人《しろうと》下宿で和服で暮し、納豆までよろこんでたべ、旅へ出ても、ホテルは便所のにおいがしないから親しみがもてない、なんぞと言う

のである。正とは正がフランスへ行く前から知合だが、一度夏の日に正がその下宿をたずねたとき、近所の夏祭のお神輿《みこし》が道路を練って来て、その中にそろいの浴衣《ゆかた》を着たベルトランが、鼻の頭に白粉《おしろい》を塗って、お神輿をかついでいるのにぶつかった。六尺ゆたかのジャンのかついでいる一角だけ、お神輿が浮き上って、斜めになっていた。見物している正に目が合うと、ジャンはすっと肩を外してお神輿を離れたので、お神輿はその一方へ倒れそうになった。

「やあ、御熱心ですな」と正。

「イイエ、何事も町内の付合でして」とジャン。

「でも、好きでやっているんでしょう」

「蓼《たで》食う虫も好き好きと申しましょうか」

——そのジャンが、今日は青い背広姿で、正のそばへ来ると、ズボンの膝を惜し気もなくキチンと畳んで、正の耳へ口を寄せた。

「高浜さんは、捻挫を押して出られるそうです」

「試合は大丈夫ですか」

「張り切っておられますが、心配ですね。貴下《あなた》一人で背水の陣を布《し》いて下さい」

「そのつもりでやる他ありませんな」

——決勝戦がはじまった。

主審の吉川八段が場内に立ち、副審が二人、むかい合せの椅子についた。どちらも背広姿だが、それぞれ手に紅白の旗を持って、ノッシノッシとガニ股で椅子のほうへ歩いた。

若い小男の矢代初段と、神崎初段が、柔道着の襟もとを合せながら、試合場に入った。

組み合うと間もなく、矢代初段は、エイッとばかり、神崎をともえに投げた。東洋製鉄の席が歓呼の声をあげた。

四

東洋製鉄の矢代初段は、次の大田原二段に敗れた。蒙古人のような顔をした大田原は、のんきな態度で、水っぱなをふいた手を柔道着にこすりつけたりして、見物を笑わせながら、村田初段をも判定勝で倒したが、次の小此木二段には寝技の横四方固で敗れた。ところがその小此木は小林二段に敗れ、ついで小林が大沢を倒すにいたって、東洋製鉄側は危うくなって来ていた。その小林は大沢の次の山口三段に敗れたが、本多製鋼側の次の森三段は、山口をみごとな小内刈で、目にもとまらぬ速さで倒した。

その畳をたたく受身の音に、正はサッと緊張した。

松山四段ばかりでなく、本多製鋼の選手たちは、思っていたより稽古を積んでいて、一筋縄では行かないことがはっきりし出していた。

本多製鋼の森三段は、正が大いにたのしみにしている近藤三段と立合う順になった。衣紋をつくろって試合にのぞむ森の態度が、無表情でいて、少しも疲れをみせていないことに、正は不安を抱いた。もし近藤が敗れたら、次は正の番である。

正は何の気なしに本多製鋼の観客席をながめやった。禿頭の老社長が、どんな顔をしてこの試合を見ているか、興味を感じたのである。社長は椅子から乗り出さんばかりに、浅く腰かけて、丸く巻いたプログラムでほっぺたをたたきながら、森三段の一挙手一投足を見のがすまいとしている様子だった。

ふと、そのとなりのミンクの外套を着た女と目が合った正はハッとした。

『美子だ！　何のためにここへ来たんだ。それもわざわざ敵方の席へ』

美子は目が合うと、すぐ外《そ》らした。となりの阪本画伯の顔を見上げて、プログラムを指さしながら、何かささやいて笑っている。

阪本は派手な格子のダブルの背広に、例のニヤケた眼鏡を光らせ、腕ぐみをして椅子にふんぞり返っている。美子の話に合槌《あいづち》を打ちながら、組んだ足をリズミカルにゆすっている。

『畜生！』

正は頭の中に火をつけられたようにカッとなった。試合の前は殊に冷静を保たなければならないと自分にも後輩にも言いきかせてきた彼自身が、完全に冷静を失った。

『女って何て妙な生物だ。あの気持はまるでわからない。僕を大事な試合にトチらせるために、人もあろうに、彼女の仇敵《きゅうてき》であるはずのあの男と……』

正はほとんど歯ギシリした。正座した膝においた両手が小刻みにふるえた。

――そのとき、近藤三段の判定勝に終るかと思われた目前の試合は、持時間七分にあと二分しかないというところで、予期しない緊張を加えて来ていた。

大兵の近藤は、わざのうまい森を、避けよう避けようとしている態度だったが、森は汗にぬれた額にふりかかる髪をうるさそうに払いながら、沈着に動いていて、ふと勢いこんだ近藤が二三歩進んだところを、見事な背負投で、空中に一転させて、地ひびきと共に大兵の近藤の体を畳に投げつけた。

正はじっと目をとじて、腹に力を入れた。

そして立上ると、美子のほうへ目をやらないように注意しながら、試合場へ上った。

五

正は礼をしながら、相手の森三段を注意して見た。すでに二人を抜いた森は、疲れを見せていた。立上るときの、一瞬間に、相手に気力があまり残っていないのを正は見てとった。しかし正は、自分がいつもの試合とちがってどの程度まで不調であるかを、相手にぶつかってみるまで、実感ができなかった。

組むとすぐ、ともえにまわして寝技に入ろうとしたが、敏捷な森はそれをかわした。彼の少し禿上った頭が、自分の腕のあいだからスルリと抜けた。審判が、

「分れて」

とやや金属的な声で叫んだ。

しばらく動いて、また寝技を利かそうとしたが、森の体は芋虫のようにくねって、五十畳の試合場の外へころがり出た。

「場外！」

審判の声がかかり、又二人は分れた。

本来なら、すでに二人抜いて疲れている森は、正の敵ではないはずである。

「おかしいな。栗原はどうしたんだ」

東洋製鉄の席のそういう私語がだんだん、

「栗原、ガンバレ」

「栗原、元気を出せ！」

という、かなりハラハラした語気の声援にかわった。

試合時間中、栗原正は一度も完全に技が利かずに、引分けになった。

正審が、椅子の副審二人に合図をした。二人とも同時に、赤のほうの旗をサッと上げた。栗原の判定勝である。それは当然の判定だったが、このなまぬるい戦いぶりに、見物席からの不満が次第に高まって来ていた。

次の倉田四段との試合には、

「栗原、どうした。今度こそ派手にやれ」

「元気がないぞ」

「サボルな」

などという非難の声援さえまじって来て、場内はようやく騒然として来た。

これも栗原の判定勝による辛勝に終った。

次はいよいよ、栗原正対松山四段の、皆が待望の大試合だった。

――このとき、観覧席の目立たない一角に、一人のやかましい観客が手に汗を握っていた。汚れたジャンパーに古ズボンのごく若いこの男は、舌打ちをしたり、地だんだをふんだり、金切声で声援したりしながら、居ても立ってもいられないという様子を見せた。

『どうしたんだろう、兄貴は。こんなに元気のない兄貴ははじめてだぞ。一つとして胸のすくような技が出ないんだから。おかしいなあ。こんなわけはないのに』

根住次郎は、小さい目をみひらいてつぶやいていたが、その目が本多製鋼の席にふと移ると、目は血走って、顔中が怒りに紅潮した。

そこではダブルの背広の阪本が、事もあろうに美子の肩に手をまわして、ふんぞり返って、眼鏡を光らせていた。

『あッ、わかった。原因はあいつだ』

次郎はカーッとなると、見さかいを失くして、人ごみをかきわけ、反対側の本多製鋼の席へもぐり込んだ。椅子の人々も中腰になって、この今日一番の大試合に熱中していた。阪本は自分の椅子の背に、折鞄《おりかばん》をはさんで立てかけていた。鰐革《わにがわ》の立派な折鞄である。次郎の手がそれを素早く抜き取った。

六

正は大男で悠々たる貫禄があったが、何か澱《よど》んだ目つきに、気魄の足りない感じがした。それに引代え、松山四段は、色白の顔に鬚《ひげ》の剃りあとが青々として、引きしまった表情は、闘志にあふれている。

組んで間もなく、

「エイッ」

気合と共に、松山のかけた出足払はあやうくキマリそうに見えたが、正はかけられた右足に重心をもどすために、右方へトントンと見苦しく足を弾ませた。

そのとき、

「ドロボウだ」

という大きな声がして、本多製鋼の席がざわめいた。観戦に夢中の社長はふりむきもしないで、

「シッ」

と制した。大声を出したのは阪本画伯だった。彼は立ち上って、あたりを見まわして、

「鞄が失くなった。大変だ」

とわめいていた。あたりの人が一寸《ちょっと》の間はたらかせた好奇心も、たちまち又試合の方へ吸いよせられ、他人がとられた鞄のことなど、一瞬のうちに忘れた顔になった。美子も座ったまま、

「どうしたのよ。そこらに落ちてやしないの」

「いや。たしかにとられた。そういえばさっきここらをウロウロしていた奴があやしかった」

「大したものは入っていないんでしょう。その鞄」

「冗談じゃない。今朝、雑誌社からもらった十五万円がまるまる現金で入っているんだ。大変なことになった」

「あなたのお金？　人のお金？」

「モチロン僕の金だよ。下らんことをきくもんじゃない」――本当に彼は顔いろが変って、試合の光景など目にも入らず、うしろの人が「座って下さい」と低い声で咎《とが》めているのも耳に入らぬ様子で、ソワソワしたあげく、「ちょっと、僕、事務所へ連絡して来る。どうせ駄目だろうが」

と言いのこすと、人ごみを分けて出て行った。

美子は冷然としていた。彼女の目は、試合の光景を見ている窓ガラスに、あわただしく鱗粉《りんぷん》を散らして行った見苦しい蛾のように、阪本を看過したにすぎなかった。それはただ、金をとられて度を失った、ミジメな、物欲だけの一人の中年男にすぎなかった。芸術家でもなく、昔の思い出の男でもなく、今の恋人でもなかった。美子の目には、今、五十畳の畳のシンとした緊張した空間に、力をつくして動いている清潔な柔道着と黒い帯とだけが見えていた。

今では彼女の直感は見抜いていた。

『正さんの不調は、私と阪本のおかげなんだわ』

彼女は耳の付根まで赤くなるようなはずかしさと、すまなさと、深い後悔に打たれた。美子もまた、目立たぬように立上った。人ごみを縫って、いそいで、東洋製鉄の席のほうへ行った。そしてその一番前列の席の横に立った。

「分れて」

の声で、一たん分れて、はだけた柔道着を直していた正は、思わぬ正面の自分の会社の席に美子の姿を見て、わが目を疑った。美子は笑って、手をあげて合図した。正の全身に、不思議なくらい新鮮な力がわき起った。

七

試合時間はもう二分ほどしか残っていない。それまで正はたえず守勢で、二度も危うく掛けられかかっている。このままで行けば、松山四段の判定勝におわることは、だれの目にも明らかである。

名にし負う相手が意外に弱いので、松山四段にも気分のゆるみが出来ていた。

二人は再び組んだ。

場内はシンとして、畳の上をする二人の跣《はだし》の足音までがきこえるようである。

二歩《ふたあし》……。三歩《みあし》……。

松山四段はすっと右足を出そうとした。

それに従って、正の右足が一歩右へ寄った。瞬間松山四段の右足が正の左足目がけて閃《ひらめ》いた。

「エイッ」

目にもとまらぬ速さで、正の左足が、燕《つばめ》の翼のように返って、相手の右足の外踝《くるぶし》の下を払った。

燕返しの妙技である。

松山ははずみを失って、薙倒《なぎたお》され、観衆が息を詰めた時には、倒された彼の掌が、畳を打つ受身の音だけがひびいた。

松山四段は鬢の剃りあとの青い頬を紅く染めて、立上っていた。

二人は礼儀正しく、礼をした。

「模範試合だ」

残念そうに、しかし感にたえた口調で、本多社長が、腕を組んで、つぶやいた。

正は次の相手を待って、試合場に正座していた。勝利者の驕《おご》りは、少しも顔にあらわれていなかった。みだれた柔道着の衣紋をつくろい、黒帯を締め直しながら、彼は深呼吸をして、息をととのえた。彼の興奮した赤黒い顔と反対に、頭の中はすっかり澄んで、いろんな邪念が吹き飛んでいた。彼の目は避けるものがなくなった。目の前に美子の姿を見ても、東洋製鉄の席に立って、祈るようにこちらを見ている美子の目は、彼の心をかき乱さずに、深い力を与えた。

美子のほうも、そうだった。にわかに勝利の見込が出来て、活気にあふれてきた東洋製鉄の人々のあいだから、彼女はじっと正の一挙一動を見つめていた。こんなに美子が謙虚な、飾らない気持になったことはなかった。その身に豪奢なミンクの外套をまとっていても、彼女の心は、手織木綿を着た田舎の少女のように素朴になっていた。

『愛というものは、もっとギラギラした、南フランスやイタリアの太陽のようなものだと思っていたけれど、こんな単純な、素朴で、静かなものなのかしら』

と洋行がえりの彼女は洋行がえりらしいことを考えた。

――次は本多製鋼の本郷副将との試合だった。正はこれにも寝技で勝った。そしてすでに四人を抜いて、疲れの色もなく、宮内大将との最後の試合にのぞんだ。これで宮内五段が敗れれば、本多製鋼は負けるのである。

大外刈が決って、宮内の体は斜めに倒れた。

「栗原先生バンザイ」

ジャンが思わず、頓狂《とんきよう》な叫びをあげた。東洋製鉄の人々はわき立った。

賞品授与式がすみ、正がジャンと一緒に更衣室へかえってゆくあとを、美子はそっとついて行った。柔道着の上から外套を羽織った正は、廊下の途中で立止った。

更衣室の前に人だかりがして、だれかが泣きながら叫んでいた。

八

泣き叫んでいるのは根住次郎だった。

顔を涙と水ッパナでくしゃくしゃにし、手錠をはめられた手の甲で目をこすっていた。

私服の刑事と、鞄を大事にかかえた阪本が両側に立っていた。刑事は正の前へ近づくと、

「栗原さんですか」

とソフトのてっぺんに軽く手をふれただけのお辞儀をして、警察手帳を見せて、言った。

「防犯に張りこんでいたところ、こいつの窃盗を現行犯でつかまえたんですが、ど

うしても栗原さんにお別れを言ってから引張って行ってくれときかないもんですから」

正は人ごみを分けて近づいた。

「よぅ、根住君か」

「今日はおめでとうございます」――泣いているうちにも次郎が、警察の人の前では、「兄貴」や「親分」という言葉を正に向って使わない心遣いが見えた。「また顔向けのできないことをよぉ、してしまいました。これでお別れです」

「こいつが」と阪本が憎々しそうに「僕の鞄をかっぱらったんだよ、美子」

「そう」

美子は正のうしろにかくれて、冷淡にそう答えた。正はふりむいて、何の屈託もなく、

「やあ」

その大らかな笑顔に誘われて、美子は、

「又お目にかかりたくなったの。お勝ちになって、うれしかったわ。おめでとう」

そうしてさし出した手に、正も握手した。彼女のおかげで調子が狂ったのが、今では彼女のおかげで勝ったような気がするから、不思議である。そればかりではない。美子の目に涙が宿っているのに、正はありえないものを見るようにおどろいた。

「そんなにあたしが泣くのが不思議？」

「不思議ですね」

次郎が、そのとき、ガタンと床に膝をついて、美子に頭を下げた。

「ベレニスのマダムでしょう。みんな自白します。お宅のデザイン集を盗んだのも、洋服にインキをぶっかけたのも、みんなみんなおれの仕業です。どうか水に流しておくんなさい」

「えッ、あなただったの」

「こいつ」

阪本が次郎の頭を殴ろうとしたのを、正がとめてその手を軽くひねった。阪本は悲鳴をあげた。

「一ㇳとおりきいておくんなさい。栗原先生は、コソどろに忍び込んだおれをゆるして、真人間になれるようにタダで柔道を教えて下さったんです。その御恩返しをしようと思っているうちに、あなたが先生に冷たくしたり、先生に嘘をついたりしていることがわかったんで、先生には言わずに、おれの一存で復讐したんです。今日だって、そのためだったんで、お金がほしかったわけじゃありません。あんまり先生が可哀想だったからです。

しかしインキの一件がわかったとき、先生は烈火のように怒ってよォ、おれはとうとう破門を食いました。先生ほど情に厚い、いい親分は世界中にありません。それなのによォ、おれの根性が直らないもんだから、迷惑ばかりかけちゃってよォ」

――次郎は又ワッと泣き出した。

九

「そうだったの」

美子はぼんやりそう答えた。この滑稽《こっけい》な顔をした泥棒にもう憎しみはわかなかった。

「このおわびは刑務所でします。それよりマダム、栗原先生をよろしくおねがいします。たったお一人の生活で、先生もさびしいんですから」

正はあわてて、

「もう余計なことを言わんでいい。今度出て来たら、又やって来い。柔道でお前をきっと真人間にしてやるからな」

「それじゃ破門をゆるして下さるんですか」

「うん。ただし今度こそ、心を入れかえるのが条件だぞ」

「はい。ありがとうございます、兄貴」と、とうとう「兄貴」を出して、次郎は感激のあまり、声も出なくなってしまった。

「貴様はそれでいいが、田舎の赤ん坊はどうするんだ」

「アッ、すみません。田舎に赤ん坊がいると言ったのは、嘘なんです。どこへ行ってもあんまり子供扱いされるんで、そういうことにしてあったんです。でもお袋はいます。いつかいただいた真綿はお袋へ送ってやりました」

「そうか」

　正は暗澹《あんたん》たる面持だった。

「さあ、もう行こう。お前、余罪までみんな自白して感心だ」

　刑事は薄笑いをしてそう言った。

「何分まだ年も行ってませんし、これから更生できないことはないと思いますから、どうかよろしく御指導ねがいます」

　正は刑事に頭を下げた。刑事は、何しろ相手は柔道界の花形のいうことだから、形式的に丁重に頭を下げて、それから阪本に、

「では阪本先生、御面倒ですが、現行犯ですから、参考人として署まで御同道いただきたいんですが」

「やむをえません」——彼は鞄をしっかり胸に抱えたまま、美子に目じらせした。

「一緒に行ってくれないか」

美子はきこえないふりをして、横を向いていた。その横顔にこまかい金細工の耳飾りが、しずかにきらめいて揺れていた。

「おい、きこえないのか」——と阪本は真赤になって、「行くのが厭なら、警察の用事をすませて行くから、どこかで待っててくれ」

「厭よ」

美子はすっと阪本へ顔を向けてこう言った。軽く微笑していて、笑っていない歯がかすかに見えた。こういう時の美子を、阪本は知っていた。彼はこの場がどういう成行になるかも知っていた。刑事に、行かないですむように、たのもうと思ったが、やめた。

「それじゃ、まいりましょう」

逆に刑事を促して、歩き出した。次郎は刑事の手に引張られて、手錠をはめた手から先に出口へ向いながら、

「兄貴、さようなら」

「元気で行けよ。風邪を引かんようにな」

こんな場合の経験のない正は、出征軍人を送るようなことを言った。

「よかったですね。栗原先生」

ジャン二段は正に握手を求めようとして、美子の腕が正の腕にかかっているのを

見て、差しひかえた。

身上相談

一

笠田夫人の家の応接間には、はじめて来る人はだれでもアッとおどろいた。こんなにお金のかかった絢爛たる応接間は、そうザラにあるものではない。

まず入口には、源氏物語みたいな美しい几帳が、ぼかした紅梅いろの幄《とばり》の裾《すそ》を、深々と寄木《よせぎ》の床《ゆか》に引きずっている。

それをまわって入ると、うっかりすると部屋一面にひろげられた虎の敷物の、カッと口をあいた頭につまずきかねない。緑いろの裏布にふちどられた虎の敷物は、硝子《ガラス》の目玉を無念そうに見ひらいて、ここを訪れる有象無象の足に踏まれるに委《まか》せている。

さてその虎は、二つの長椅子とディヴァンの足もとまで届いているが、同時に、長方形のテエブルと三脚の椅子をのせている。椅子類はすべて純ロココ風な、ルイ王朝趣味ゆたかなもので、金ぴかの猫足は、つややかな絹を張りつめた腰を支えていた。

　だれでもこの椅子に座って、タバコの灰を落そうとして、テエブルへかがみ込むと、自分の顔がニュッと映るのに、びっくりする。テエブルは全部鏡張りなのである。

　目を上げると、窓といい、欄間といい、西太后の宮殿に迷い込んだような、中華風のコトブキやらコウモリやらのデザインになっていて、黒と朱の漆塗りが、ひとしお荘厳の感を強めている。

　一方、部屋の中央にはお定まりのマンテルピースがあるが、胡桃《くるみ》いろの大理石の炉棚は、全然モダン・アートで、口につくせないほど結構な形をしている。炉棚の上には、床の間代りに、天井から水墨の山水がかかっており、その前に姿も優に、大きな藤娘の人形が舞っており、しかもその藤娘の顔が、アイ・シャドウを塗ったフランス人形の首なのである。それでもまだ足りないと見えて、大きなガラスのケースに入れたお祭佐七の羽子板が、お正月らしく、藤娘と対をなして、天の一角を睨《にら》んでいた。

　――美子《よしこ》はしかし、この応接間を訪れたのははじめてではないから、別段おどろかずにすんでいる。いつもながら笠田夫妻のインターナショナルな趣味に感心するだけである。

女中がすり足でお茶と干菓子《ひがし》をもってきて、馬鹿丁寧なお辞儀をして出て行った。

美子はあかあかとガスの火のもえる炉のそばで、お茶をすすりながら、自分がいざこうして相談に来る相手としては、こんな気のいいインターナショナル夫人のほかに、一人もいないことを考えた。男にもてる女の常で、美子は同年輩のよい友達をもっていなかった。

「まあ、よくいらしたわ。お正月にはすっかりお邪魔して」——几帳のかげから、美子のこしらえた趣味のよい黒いスーツの笠田夫人があらわれた。こちらには一言も言わせず、

「何度会っても、あなたにはすぐ会いたくなるの。殊に今、うちの旦那様は九州でしょう。炭鉱主ってほんとうに楽じゃないわね。炭労ストがすむと、今度は又、生産増強で、はたの見る目もかわいそうなくらい……」

「あの……」

「ああ、そうそう。何か私に相談したいって、なあに?」

二

美子が何か言おうとすると、

「あんたが私に相談をもちかけて下さるなんて、私こんなにうれしいことはないのよ。わかってくれる？　美子さん。電話をもらってから、私、ソワソワして待ってたの。何でも言ってね。何でも打明けてね。私たちの間に秘密なんか、あるわけがないんですものね。私、少しでもお役に立てたら、と思うばっかりだわよ」

「ええ……ありがとうございます」

美子は口ごもった。

「なあに、レンアイモンダイ？」

この殺風景な日本語で、美子は再び、柄にもなく口ごもった。

「ええ、栗原さんのことなんですけど」

「ああ、お話きいてたわ。いつか飛行機で一緒だった柔道の人ね。私、顔をよく見なかったんだけど」

「ええ、その栗原さんなんですけど……」

「阪本画伯はどうなったの？」

「もう顔を見るのも厭なの」

「あら、そう。それじゃ私がお古をもらっていい？」

「ええ、どうぞ」

「ああ、それより栗原さんのことだったわね。それであなた、今、夢中なんだってね」

美子はうつむいて赤くなった。

「まあ、かわいい」——笠田夫人は、ダイヤの指環をはめた指をのばして、赤い爪のさきで美子の頬をつついた。「この人が赤くなるんだから、いいところがあるわ。美子さんがねえ」

「あたくし、こんな気持になったのは、生れてはじめてかもしれませんの。柔道の試合で、私のために負けかかったあの人が、私のためにまた勝ちだしたあの時のうれしさ、気持のふれ合い、こんなことははじめてでしたの」

「それから？」

「それから？……ええ、それからもう二三度、会っていますけど、会うたびに、このまま二人で死にに行ってしまいたいくらいな気持なの」

「まるで、浄瑠璃だね」

「まじめにきいてちょうだいったら」

「ごめん、ごめん」

「あたくし……、こんなにきれいな、素朴な、つきつめた気持で人のことを思える女だなんて、自分でも想像していませんでしたの。あたくし、自分のことを落葉でおおわれた古井戸だと思っていますわ。でもまさかだれかが来て、この落葉をどけてくれたおかげで、こんなよどんだ井戸水にもチャンと青空が映ることがわかるなんて、考えもしなかったわ」

「ご謙遜なのね。人間って、惚《ほ》れるとそんなに謙遜になるものなのね。あなたが古井戸なら、私は何？　私はもう涸《か》れた井戸だから、だれかが落葉をどけてくれたって、青空の映りようもないんだけれど」

笠田夫人はめずらしくシンミリと言った。まじめな告白をきいて、彼女の質実なよい生地《きじ》があらわれていた。何を好んで彼女はこの生地の上に、こんな厚化粧を施していることか。

「……まあ、でもそれだけじゃただのオノロケじゃないの。ずいぶん御馳走さまね。本当に相談したいことって何なのよ」

「金杉のことなんです」

三

美子は苦しそうに、つづけた。

「私、金杉のことを、阪本のようには嫌いじゃありません。でも阪本を憎むように、今、あの人を憎めたら、どんなに気持が楽だろうと思いますの。あたくし、あの人にはずいぶん世話になりましたし、何もかもあの人のおかげですわ。一人前のデザイナアに仕立ててもらったのも、店を出させてもらったのも、フランスへ行かしてもらったのも、ファッション・ショウをやらしてもらったのも、あの人のおかげでないものは、何一つありません。でも、あたくし、一度も重荷になんか思わずに、風船みたいにフワフワして、好き勝手に暮して来ましたし、あの人だって、恩に着せるどころか、女の口からきく言葉で、『ありがとう』という言葉ほど厭なものはないって言う人ですもの、ほんとうにただの一度だって、あたくし、ありがとう、って言ったことはありませんの。でも、それが今は……」

「今はどうなったの？」

「恋って、あらゆることを真面目に考え込ませてしまうのね。金杉の顔を見るだけで、このごろ、あたくし、苦しいの。あの人と朝、ご飯をたべるとき、うつむいてたべているあのひとの顔を見ているだけで、あたくし苦しいの。……どこにいても金杉のことを考えるの。栗原さんのことを思うのと、金杉を思うのと、その思う気持は反対なのに、片方が重く大きくなれば、それだけ片方も重く大きくなりますの。……金杉が殺してくれたら、どんなにセイセイするでしょう。できれば、あたくしと栗原さんと一緒に殺してくれれば。……それでなくても、せめて、金杉があたくしを憎んでくれたら、どんなに助かるでしょう。でもあの人は、あの何もかも知っているようなやさしい深い目で、黙って、じっとあたくしを見ているきりなんです」

「ふん、その気持わかるわね」

——笠田夫人は鏡張りのテエブルの上に肘《ひじ》をついた。その鏡の底から、彼女の目が美子を見上げていた。

「……つまり、金杉さんと別れようって意味なのね」

「ええ……そうして、あたくし、何もかも投げ出して、栗原さんの懐に飛び込みたいの。そうしなければ、金杉にも栗原さんにも、どちらにも悪いことをしているようで、気持が追いつめられるばかりなの」

「待ちなさい！」——笠田夫人は号令のような声を出した。

「もうちょっと待ちなさい。あんたみたいなひとが、才能を捨てて家庭に入りたいという気になることは、よくわかるわ。女ですものね、当然だわ。でも死に急ぎすることはありませんよ。……私、ふたまわりも年上の女として言うんだけれど、人生って、右か左か二つの道しかないと思うときには、ほんの二三段石段を上って、その上から見渡してみると、思わぬところに、別な道がひらけてるもんなのよ。そうなのよ」

美子は笠田夫人が「人生」などという言葉を使うのをはじめてきいた。しかもこの言葉は、パリ・モードの洋服などより、よほど彼女の豪傑風な巨軀に似合った。

「どう、しばらく栗原さんと、風よけに身を隠してみたら？　後はあたしが引受けるから」

せせらぎ

一

美子《よしこ》と正《ただし》は、週末に旅へ出た。旅先を知っているのは、笠田夫人と腹心の桃子だけだった。土曜というのに、正の会社は仕事がまだたくさんあったので、二人は夕方の五時すぎの湘南《しようなん》電車で発たなければならなかった。

二等車は空いていた。かれらは遠ざかってゆく都心の空に、

「チャーチル英首相……」

云々《うんぬん》という電光ニュースの文字や、空中にうかんだ青い水の幻のようなビルの室内の蛍光灯のあかりを見た。

二人はあまりしゃべらなかった。とりわけ正は、ボウーッとしていて、何もものを言わなかった。とうとう美子がきいた。

「何を考えていらっしゃるの？」

「金杉さんはびっくりしているだろうなあ」

「きらい」

美子は窓のほうへ顔をそむけた。別に正はあやまろうとしなかったので、しばらくして顔をもどして、

「金杉のことは、禁句よ」

と言った。

もえつきて死んだ雲が空に黒かった。二人は子供のように、蜜柑の皮をだまってむいた。ほとんど同時に、皮をむきおわる。美子は、その房を半分に割って、正の皮のなかへ入れ、正の蜜柑の房の半分を自分のほうへとった。

「それは、どういう意味ですか」

「意味なんかないわよ。馬鹿ね」

正は、夢の中に生きている心地だった。まだ自分の幸福が信じられなかった。夢みていたことが、目の前でみるみる現実になってしまうような味気なさもあった。彼はずっと前美子に言ったことのある自分の言葉を思い出していた。

『負けた時のほうが闘志がわきます。勝った気持って、何かつまらないものですよ』

しかし彼は、湘南電車が小田原に着き、強羅《ごうら》ゆきの登山電車に乗りかえて、まだ二十分も間のある発車の時刻まで、美子と寒い車内に身を寄せ合っているうちに、

急に今の幸福の現実感が身内にわいて来て、美子を抱きすくめたい衝動にかられながら、辛うじて、自ら制して、肩に手をまわした。美子の目をつぶった顔が、その腕の中にもたれてきた。

「眠いの？」

「ううん」

正は美しい睫《まつげ》や、形のよい鼻や、いつもじらすような風情の唇が、ことごとく自分の腕の中にあるのを見た。この質朴な男の胸は、はげしい動悸を打った。

汽車のホームのほうで、心にしみわたるような発車のベルが鳴っていた。遠い呼笛や、発車のとどろきがきこえて止むと、あたりはまた静かになった。乗客が夕刊をひらく紙の音や、突然乗りこんでくる子供たちの下駄の音だけが際立ってきこえた。正のとなりでは、ねんねこおんぶの女が焦茶の編物をしていた。

「発車だよ」

と正が車掌のような大きな声で、無邪気に言った。白いつり手の列が一斉にゆれ出した。

塔の沢をすぎると山気が身にしみ、大平台《おおひらだい》の近くからジグザグの上りになって、標識の杏色《あんずいろ》の灯が見る見る低く降りて行った。

二

乗客は数えるほどしかいない。二人連れは、塔の沢で下りた一組のほかには、美子たちだけである。大平台の駅にとまると、車内へ吹き込んで来た風が、硫黄泉のにおいをつたえた。そして終点の強羅まで行くのは、かれら二人だけであった。

強羅の駅に下りる。冷たい山気が、星空からしんしんとふって来る。季節外れの駅前の広場はさびしく、赤い提灯《ちょうちん》をつらねた茶店の前には、棚の上に売れない蜜柑と林檎がひえびえと山をなしている。店の外へ出した料理の見本のガラス箱の中に、これみよがしに蛍光灯がわびしくかがやいている。

「バイバイ」

という声がひびいたのは、三味線をもったまま湯治客を駅へ送ってきた芸妓が、三味線をふりあげて「さよなら」のあいさつをしたのであった。

正と美子は顔を見合わせて微笑《ほほえ》むと、踏切をわたって、今夜の宿の巒水楼《らんすいろう》へいそいだ。美子が予約をとったのである。宿へ行く道は右折して、石畳の急坂になったが、街灯一つなく、大層暗かった。

美子の肩に手をまわして、正はその坂を下りながら、頬にふれた女の髪のにおいに狂おしい気持になって、深くうつむいて、接吻した。

美子の体は彼の巨軀に抱きすくめられ、半分爪先立った。

接吻は永かった。

行人の影はなかった。身を離して坂を下り切るところで、にわかにせせらぎの音が、二人の耳に流れ入った。見ると、細流に架けられた小さな橋の袂《たもと》に低い灯があって、

「巒水楼」

の立札をおぼろげに照らし出していた。

宿の玄関の前で、つながれた犬が二人にむかって、しつこく吠えた。

——宿は閑散だった。元財閥の別邸だったこの宿は、古風なひろい部屋部屋を連ねていたが、美子が予約しておいた部屋は、建増しした新築の離れで、その小ぢんまりした六畳には、庭内からわく透明泉の湯殿がついていた。

部屋に入ると、目のさめるような友禅の炬燵《こたつ》蒲団が、渋い調度の中でひき立って、あでやかだ。

「おお、寒」

美子は外套のまま、置炬燵《おき》にもぐり込んだ。

女中が一礼して引下ると、今度はお茶と菓子をもってあらわれる順序であるが、

その間も炬燵の二人は、じっとしていられなかった。かれらは炬燵のせまい一辺に二人で当ろうとした。ところが大男の正では、その一辺ですら、せまいのである。正が炬燵の前で途方にくれてアグラをかいていると、美子はやわらかな毛皮の外套のまま、彼の膝に身を乗せて、子供のように抱かれた。

「うれしいわ」

美子がすっと唇を寄せて、接吻した。

「僕もだよ」

正が接吻した。

こうして二人は、たわむれに、何か一言ずつ言っては接吻し、おしまいには悪口を言い合って、相手がおしまいまで言わぬうちにその口をふさいだ。……廊下を女中の足音が近づいて来た。

三

「ごめん下さいまし」

女中が入って来る前に、二人は何食わぬ顔で離れたが、その物なれない正の顔を、母親の留守にお菓子のつまみ食いをした悪童の顔のようだと思った美子は吹き出した。

　女中が丹前をもってきたので、美子は洗面所へ入って着かえた。

　この部屋にもせせらぎの音がきこえた。名園は夜目に見えず、窓のそばの石楠花《しゃくなげ》の葉だけが見えたが、せせらぎは山から落ちて、庭をめぐって池へそそいでいるらしかった。

　長火鉢に鉄瓶がシュン〳〵音を立てている六畳に、丹前に着かえた二人が落ちつくと、

「お風呂を先になさいますか」

　と女中がたずねた。

「そうしよう。寒いからね」

　もっともらしく正が答えた。二人はまだ一緒に入るには遠慮があった。正が先に入ってすぐ出て来た。あとから入った美子の風呂は大層永く、朝まで入っているのかと思われるほどで、女の支度の永さになれない正は、わざわざ洗面所の前まで行って、すりガラスの中にうごいている人影に、心配そうに、

「まだですか」

　ときいた。

――二人は風呂のあとで酒をたのんだ。料理と御飯を女中がはこんでしまうと、

「あたくしがするからよくってよ」

と丹前姿の美子は女中の給仕をことわった。炬燵の上のお銚子と杯を前に、美子と正は二人きりになった。

「わかって？」

杯の一二杯に、目もとを染めた美子が言い出した。

「あたくし、何もかも放り出したわ。放り出さないのはあなただけ。でもこんなこと何年ぶりでしょう。パリにいるあいだも、こんなに自由になれなかった。パリにいるあいだは、今よりもっと東京の鎖につながれていたような気がする」

「僕が柔道を止めないでわるいようだね」

美子は、あなたが柔道を止めたらどこに魅力があるの、と冗談に言おうとしてやめた。正はそれには気づかないで、

「僕はとにかく一生懸命に働いて、君との生活の設計をしたいと思うんだ」

と真面目に言った。

「生活の設計？　そんなこと今は考えたくない」

「これも禁句か？」

「ううん、あたくし、今の一瞬間のことを考えるだけで一ぱいなの。こんな一瞬間を作ろうと思えば作る力と勇気が自分の中にあったのに、今まで気がつかなかった

のが口惜しいくらいなの。あたくし外国へ行けば、それがあると思ったの。でも外国にもなかったわ」

「パリにも？」

「ええ、パリにも。あたくし、日本へかえったとき、これからどういう気持で生きようかと思うと、先が真暗だった。仕事にかじりつくほかはなかったの。……そのとき、あなたに会ったのね」

　こんな恋人同士のやりとりがしみじみとつづけられていたとき、卓上電話がけたたましく鳴った。受話器をとった美子は、

「ヘンね、東京からですって」

と正のほうへ眉をひそめてみせた。

四

「だれ？　桃子？　なあに、今ごろ」——二言三言話すうちに、

「エッ」

　美子の顔色がサッと変った。彼女は急調子に電話口へ合槌《あいづち》を打った。

「ここをすぐ出ても三時間はかかるけど、すぐかえるわ。徳川病院ね。わかったわ。

じゃあ、あとで。……よろしくたのんだわよ。ね、すまないけれど」

受話器を置いた美子に、

「どうしたの？」と正がたずねた。

「金杉が今夜、晩ご飯をたべたあとで、急に胃が痛み出して、七転八倒の苦しみなんですって。かかりつけの徳川博士が往診したら、胃潰瘍から、胃穿孔《せんこう》になって、胃に穴があいたんですって。早速入院で、これから開腹手術という電話なのよ。どうしましょう。こんな時にこんなことになるなんて」

「しかし……」

「あたくしかえるの止す？」——美子はオロオロ声で、正の膝を押した。「かえるのは止す？　あなたがやめろといえば、あたくしかえらないわ」

「それはいけない。重態じゃないか。それにそれをきいてしまった今では……」

「そうね、あたくしたち、もうさっきのような気持にはなれないわね。……どうしてこうあたくしって、いつまでも鎖にしばられているんでしょう。何故なの？」

「そんなこと言っても、仕方がないよ」

「そうね。仕方がないわね。ともかく、あたくし、すぐかえるわ。でも折角、ここまで来たのに……。あなただけのこって、体をやすめていらっしゃる？」

「うん……イヤ」

　正は一瞬思い迷った。この贅沢な宿の勘定書のことを考えていたのである。美子ははじめから、自分に任せてくれと言っていたけれども、もし彼一人のこれば、彼の懐で足りるかどうか心配だった。それに美子は気づいたとみえて、洋裁店の女主人気質を口に出した。

「本当はこんなこと黙ってしたほうがいいんだけど、宿のほうは、皆あたくしがすませて行くわ。二三日いらっしゃりたければ、二三日先まで」

「イヤ、いいです。僕も一緒に君を送ってかえる」

　もちろん正は、最初にすぐそれを言うべきだったし、「あなた一人のこる?」と言われて、「送ってゆこう」とすぐ思ったのだが、あんな経済的な思惑から迷ったのだったから、彼は女から金のことを言い出されて、滞在を断念したと思われるのも厭だったし、女が正のためらいを見て、すぐ、金のことを言い出したのも厭だった。自分は決して女に養われる性質《たち》の男ではないと正は思った。そしてその考えが、ほんの少し、隙間風《すきまかぜ》に似た感情を美子に対して抱かせた。

　女中が呼ばれ、あわただしい出発の支度がはじまった。十時半をすぎ、登山電車も国鉄もすでにおしまいだった。ハイヤーが呼ばれ、それで東京まで行くことになった。正は車中、美子の手をじっと握ってやっていたが、早川の渓流の音を疾走する自動車の暗い窓外にきくと、美子は正の膝に泣き伏した。

病める紳士

一

深夜の病院の入口には、寒さに鼻を赤くして、桃子が待っていた。

午前一時に、ハイヤーは築地《つきじ》の徳川病院の前についた。

車を降りた美子《よしこ》は桃子と抱き合った。桃子の聡明な目は泣いていず、頬を押しつけた女主人の興奮のかたわらから、ハイヤーの前に黙然と立っている正《ただし》の外套の姿をじっと見ていた。美子がようやくこういった。

「くわしい話をきかせて」

「ええ、一階の待合室がいいわ。栗原さんもいらしてもいいけど、奈々子にみつからないようになさいね。マダムと栗原さんと一緒にかえって来たことを、奈々子に知られたら大変だから。奈々子ははじめっから、つきっきりで看病なのよ」

三人は足音をひそめて、さむざむとした待合室へ入った。

「今夜はね」と桃子が話しだした。「マスター（桃子は金杉をこう呼んでいた）は、会社のかえりにまっすぐお家《うち》へおかえりになったんですって。一人で、きげんよく、晩ご飯をあがって、二三十分したら、急におなかがものすごく痛み出して、顔は真っさおで、冷汗がタラタラ流れるし、お口もきけないほどの痛みだったんですって。それですぐ女中さんがお店へ電話をかけてきたの。奈々子が電話へ出たの。それから、マダムはどこって、大さわぎになったわけなの。とにかく奈々子が徳川博士へ電話をかけて、自動車で先生をおつれして、マスターのところへかけつけたの。このひまにと思って、強羅《ごうら》へ至急報をかけたけど、なかなかかからないじゃないの。ウロウロしていると、そこへ奈々子が徳川病院から電話で、胃穿孔だから、すぐ開腹手術をしなければならない、マダムは一体どこなの、白状しなければアトがこわいわよ、って大変な剣幕でしょう。どうしようと思って、電話のまわりをウロウロしているうちに、やっとかかりましたの。それから私もいそいで病院へかけつけたのよ」

「胃穿孔って一体なに」

「胃潰瘍から来るんですって。胃に穴があいて、内容が腹膜におちて、急性の穿孔性腹膜炎っていうのを起したんですわ」

「だって金杉は胃潰瘍じゃないことよ」

「それはマダムが御存知ないんだわ。一度すっかり治っていたのが、このごろ又胃がおかしくなって、ぶりかえしていたんですって」

「ええ、私が日本へかえってから、ときどき胃が痛いって言っていたけど、まさか胃潰瘍とは」

「いいえ、マダムがフランスにいらしたお留守にそうだったの。マダムが心配するからって、とうとうしらせないで、治しておしまいになったんだわ」

「そうだったの」

美子は暗然とした。金杉のこの思いやりが美子の胸を今になってしめつけたのである。

「僕は寮へかえります」――正がしっかりした口調でいった。

「桃子さん、マダムをおたのみします」

「ええ、引受けましたわ」

桃子は赤い外套の胸を、誇らしくたたいた。

「栗原さん、ごめんなさいね、……あたくし」

美子は桃子の前も忘れて、正によりかかって泣いた。正はその背を平手でやさしくたたいた。

「元気を出しなさい。いいですか、美子」

二

かえる正を送ってから、美子と桃子が、二階の病室へ上ってゆくと、深夜の病院の廊下は、暗い灯火の下に深閑として、子供の泣き声が急に近くの病室から起ったのが、またハタと止んだのがかえって不気味であった。

二百十五号室の金杉の病室の前まで来たとき、美子の胸ははげしい動悸を打った。

「大丈夫なんでしょうね。もしものことはないんでしょうね」

「ええ」と桃子はいつもの楽天的な調子で、「手術が無事にすんだから、大丈夫なんでしょう。手おくれどころか、フル・スピードで手術をやったんですもの。心配なさることはないわよ、マダム」

まだノックもしないうちに、病室の扉が内側から重々しくひらいた。その間から体をすべらせて出て来たのは、奈々子であった。奈々子はひどく青い顔をしていて、白眼がちの目で美子をするどく見すえて、ドアを自分の背後にとざした。

「奈々子、御苦労様」と美子が、「どんな様子、病人は？」

「まだ麻酔がさめていませんから、お会いになっても無駄ですわ」

「そう、麻酔がさめていないの」――神経のたかぶった美子には奈々子の切口上がカチンと来て、「あとはあたくしが詰めるから、あなたもうお家へかえっていいことよ、疲れたでしょう」

「私、かえりません」

美子がもう一度無表情にくりかえして、

「でも、疲れたでしょう」

「いいんですの。疲れていませんから」

この強情っ張りにあきれた桃子が、美子の背中をつついて、自分が先に立ってドアをあけようとすると、その手を奈々子の手がはげしくふりはらった。

「何するのよ、奈々子」

「マダムも桃子も病室へ入らないでちょうだい」

「何ですって?」

「とにかく入らないでちょうだい。金杉さんが発病なさってから、ここまでお世話したのは、あたしなんですから。マダムがかえっていらしたからって、すぐ安心してお委《まか》せできませんわ。マダムにお委せしといたら、金杉さんはどうなるかわかりませんもの。急病のときに、よその男の人とどこかへ行ってお留守だったりしてね」

「奈々子!」

女三人は暗い深夜の廊下で、目をギラギラさせて睨《にら》み合っているのだが、ほかの病室へ気をかねて、ほとばしる語気を、ひそめた声で抑えているので、かえって切迫した空気が漂った。

「奈々子、かりにもお店のマダムに何をいうのよ」と桃子。

「お店のマダムがどうだっていうの。あたし、尊敬できない人には何だって言えるのよ。もちろん、こんなことを言う以上、お店をクビになる覚悟はしていますわ。でも金杉さんがもう大丈夫というところまで看病したら、自分からお店を出て行きますわ。それまで、金杉さんの病室にはだれも入っていただきたくないの。大事なときに、どこかを遊びまわっているようなマダムには、なお更入っていただきたくないの」

「皆さん、静かにして下さい」

――病室のドアから看護婦が顔を出して、そう言った。

三

美子がこんなにミジメな表情で立っているのを見たことが、桃子にはなかった。涙もかれ果てた表情だった。

一方、追いつめられた女スパイのように、奈々子は病室のドアを背に、あおざめた顔の鋭い憎しみの眼差《まなざし》で美子の目を見すえていた。

桃子はふと美子の意向をうかがうような目をあげた。美子はやさしく桃子を見た。

「かえりましょうね。ね、そのほうがいい」

「ええ」

二人は奈々子に背を向けて、廊下をもと来たほうへ歩き出した。階段を下りながら、

「マダム、お察ししますわ。あんな生意気な子ってありはしないわ。マダムが負けていらっしゃることはなかったのよ。あたし、口惜しかったけど、出しゃばるの厭だったから」

「わかっているわ、あなたの気持。でも私も強く出られるだけの自信がなかったの。これから真夜中だけど、あたくし笠田さんの奥さんのところへ行ってみる。桃子も来ない？」

「ええ」

――金杉の病室では、奈々子が寝もやらず、夜が明けるまで、病人のベッドに付添っていた。病める紳士は、白髪の頭を清潔な白い枕に埋めていた。その表情は沈静で、何の悩みもなく、又、何の喜びもなかった。

奈々子は戸外の物音に耳をすました。月島桟橋のほうから汽笛がきこえた。暖房の室内はあたたかかったが、何の飾りもない病室には薬くさいにおいが漂って、そのにおいは健康の連想を生まず、死の連想を誘った。

奈々子は愕然と金杉の寝顔を見まもった。

形のよい高い鼻は、かすかな、しかし正しい寝息を立てていた。

『よかったわ。夜半までのひどいお苦しみようと言ったら！』

冬の夜明けはおそかった。

窓が灰色に白んでくると、はやくも戸外にトラックのけたたましい警笛がひびいた。街のめざめの雑然としたどよめきが、蒸気にくもった窓のむこうによみがえっていた。魚河岸《うおがし》のほうへ、多くの車が行くらしかった。奈々子は少しも眠くない。窓辺に立って、ガラスのくもりを指でふきながら、川景色を見下ろした。暁闇のひとしお濃い橋の下から、二三艘《そう》の伝馬船がこちらへつながって、まだ眠った姿で、鼠いろのカバーをかぶせられて、つながれていた。夜明けの空を背景に、橋の灯が左右正しくともっている。しかし左方の一つは消えている。

寝床の金杉が身じろぎをした。

奈々子はかけよって、その手をとった。

「お気がついて？　金杉さん、金杉さん……」

奈々子の一番怖れていることがあった。金杉が、麻酔からさめて、まず美子の名を呼びはしないかという懸念である。

しかし金杉は、顔をうごかして奈々子の顔をみて、ぎごちなく、微笑らしいものをうかべながら、何も言わなかった。

——夜が明け放たれて、一時間ほどのち、徳川博士が助手や看護婦をつれて入って来た。その行列のあとに、奈々子はとてつもなく大きな薔薇の花束を見ておどろいた。

運転手にもたせたその花束のうしろから、病室へ入って来るのは笠田夫人と美子であった。

四

笠田夫人は、こういう事件が大好きだった。自分の可愛がっているデザイナアが男と駈落ちしたり、その留守にパトロンが急病で手術をしたり、女店員が邪魔をして病室へ入れさせなかったり、真夜中に女主人が家へたずねて来たり、女同士の仲で言葉をつくして慰めてやったり、朝早く花屋をたたき起して薔薇を買ったり、朝っぱらから盛装で病院へ見舞に出かけたり……こういうことがすべて大好きだった。

まるで小説みたいだわ、と彼女はワクワクしていた。この教養のない中年女、主人はたえず留守なので退屈の中にほっておかれているブルジョア夫人には、他人の不幸やもめごとほどたのしみのタネはなかった。ところで彼女にもやさしい、素朴な、世話やきのオカミさん気質があったのだが、それがこんな晴の舞台では、トテツもない薔薇の花束といった俗悪な表現をとらざるをえぬのであった。

徳川博士が診察をすませて出て行くと、笠田夫人は美子をおしのけて、ベッドのそばの椅子に座った。この場合、美子をかばうことが、どうしても自分の責務だと考えられたのである。

「本当に大変でしたわね。美子さんがかけつけてくれて、びっくりして、お見舞にとんで来たのよ。でも手おくれにならなくてよかったわ。ほっと胸をなでおろしたわ」

「ありがとう」

金杉は弱々しく言った。軽い咳をして、咳のひびいた痛さに顔をしかめ、

「美子、顔をお見せよ」

とそれだけ言った。

美子はベッドのそばへひざまずいて、金杉の手の甲に顔を押しあてて泣いた。今では彼女はプレスを怠ったスカートの皺《しわ》もかまわず、スタイルもへちまもない姿だ

った。

見舞客は、みな変な顔をして出て行った。

——それから数日。

美子と奈々子が詰めきりで介抱しているが、お互い同士まったく口をきかないのである。美子もあえて奈々子を追い出さない。二人は一つの病室でそれぞれ別個に暮していた。

金杉の予後はあまり思わしくなかった。二日目までは注射で栄養をとり、三日目からは、手術で半分以下の小ささになった胃に、重湯《おもゆ》をとることが許されだしたが、全身の衰弱ははなはだしく、医者は手術後の回復の遅々としているのに首をひねった。

四日目はひどく寒く、朝からの雨が、午《ひる》ごろから、音もなく落ちる粉雪になった。雨のしめりで窓外の景色にも、雪のつもるあとは見られなかったが、伝馬船のおおいの上や行人の傘にはすでに白い色があった。

「美子」

金杉がそう呼んだ。

「なあに」

金杉のために地味な洋服と薄い化粧をした美子が、近づいて、顔をよせた。

「ちょっと話があるんだ。すまないが、奈々子はしばらく遠慮してもらえないか」

力のない声だが、金杉はわざと事務的にこう言う事を、奈々子への思いやりにしているらしく、きかれた。美子は奈々子を見ない。奈々子は背を向けて病室を出て行った。

ドアをしめると、そっとあたりを見まわして、奈々子は廊下にかがみ込んで、ドアの鍵穴に耳をすました。

五

「美子」と金杉はわざと、美子の顔を見ずに、「私はどうも手術のあとがよくないようだ。それでだ。妙な話だが、心残りのないようにしたいと思っている」

美子は黙って、うつむいてきいていた。

「……これまで、あんたにはずいぶん世話になった。迷惑もかけた。……しかし一方、あんたの世話もしたし、あんたの自由もしばりたくなかった。大正時代にうけた教育で、私はこういう夫婦とも何ともつかぬ生活が、男女のお互いの自由を尊重するいちばん自然な形じゃないか、と思って、してきた。……しかし人間には、自由だけですまないものがある。古い在り来りな、束縛を愛したい気持もある。……

私の心残りというのはそれだ。……わかるかね」

美子はだまって、うなずいた。

「そこで私は突拍子もないことを考えた。いわば子供っぽいことを考えた。これを言ったら、君は笑うかもしれないが」……金杉は予防線を張るように、自分で眉をしかめて笑った。臭いものを、鼻をつまんで、自分で料理しているような表情であった。「できれば明日にでもだ、この病床で、君と正式な結婚式をあげたいんだ。法律上の夫婦になりたいんだ。……わかるかね。もちろんそれには君の同意が要る。私は同意を強制しやしない。あくまでもあんたの自由だ。しかし……」

「わかったわ。わかったわ」――美子は高い声を出した。そのひどくたかぶったときに動物のあげるような声に、金杉はおどろいた。むせび泣きのまじっている声らしかった。「私いままで本当にわがままだった。私、心から後悔しているの。心からお詫びしたい気持なの」

「美子、水くさいことはどうか言わんでくれ」

「いいえ、そんなことじゃないの。私、はいって言うのイエスって言うの。そのほかに私の申上げる言葉ってないの。自由な気持でそう言えるの。ただ一つだけ、最後にわがままをゆるしてちょうだい。私が本当に自由な気持で、イエスって申上げるために、一つだけ私にとっての手続が要るの。おねがいだから、何もきかないで、二時間お暇をちょうだい。二時間したらかえって来ます。そうして、『はい』って言いますわ。ゆるしていただけて」

「いいとも」——金杉はにこやかに答えた。「気のすむようにおし。それが君にとっても、いちばんいい方法だ」

「ありがとう」

金杉は枕元のハンカチをとって、美子に笑っている目で合図をした。美子が泣き笑いの顔を寄せた。金杉はハンカチで目の涙をふいてやり、チンとはなをかませてやった。

——美子が黒のアストラカンの外套を着て、病室を出てくると、廊下の壁に顔を伏せている奈々子を見出した。声をかけないで通りすぎようとして、ふと思い返して、その肩に手をかけて、

「奈々子?」

うなずいた肩は素直であった。

「きいたのね」

奈々子はふりむいて、さえざえとした顔で、

「マダム、あたくし負けたわ。今日からおひまをいただくわ」

「いいのよ。奈々子、いつまでもお店にいてちょうだいね。私、本当にそうしてほ

しいのよ」

——そして東洋製鉄へ電話をかけに行った。

エピロオグ

一

栗原正《ただし》はその日ひどくいそがしかった。すぐ会いたいという美子《よしこ》の電話に、同僚に遠慮をしながら、会社のそばのカフェ・ド・ラ・ペイという喫茶店で待ち合わすという返事をした。

カフェ・ド・ラ・ペイは、パリのオペラ座の前にある有名な一流カフェの名であった。しかし、にっぽん製カフェ・ド・ラ・ペイは、戦後の安普請の小さな、あまりはやらないコーヒー店で、いくらかコーヒーがうまいのと、シャンソンのレコードを集めてあるのとが、取柄といえば取柄の店である。それはビルのかたわらに、ペンキ塗りの犬小屋みたいに、小ぢんまりと立っていた。

雪の午後のことで、客は美子のほかには一人もなかった。店の真中のストーヴから、煙突がくの字に戸外へのびていたが、その煙突のつなぎ目がゆるいのか、目には見えない程度の煙がもれてきて、コーヒーの香りより先に石炭のもえるけぶったいにおいがした。しかしおかげで店内は、ひどく温かかった。主人がパリへ行ったことでもあるのか、セエヌ河岸で売っている古い地図の額が壁にかけられ、シャンソンのすりきれたレコードの音楽も漂っている一方、ストーヴの上では、アルマイトの大ヤカンが、しきりに湯気を吹き出して、ふたをガタガタいわせていた。はこばれたコーヒーにも手をつけずに、美子はアストラカンの外套に包んだ身を窓ぎわの安楽椅子に埋めて、イライラして、たえず雪の戸外と腕時計とを見比べていた。雪は垂直に、一つの雪片の上に、次の雪片がおそいかかるように降りこめていた。道のはしにはかすかに白い縁がえがかれ、傘もささずに髪を真白にして、笑いながら歩いてゆく女学生の一組もみえた。自動車はひっきりなしに目近《まぢか》を往来した。雪のおかげで、どこかに事件でも起きたようなただならぬ活気が、その自動車の往来《ゆきき》に見られた。

美子は手袋をぬいで、又はめた。

彼女は漠然と、いつか笠田夫人が、美子の話を、

『まるで、浄瑠璃だね』

と揶揄《やゆ》した言葉を思い出していた。

彼女は古い人形浄瑠璃の女主人公、近松物の旧弊な女たちを思い出した。パリへ行ったのは何の足しになったのか？　それもよし。パリは決してニュー・ヨークで

はない。パリは古都である。……美子は、今、恩と義理と愛恋の、今まで何万という人がとおった月並な日本の町の一つの辻《つじ》に立っていた。

『今、何かが決るのだわ。とにかく決めなければならないんだわ』

彼女は拳をきつくにぎった。店内の温かさのせいか、掌にかすかに汗がにじんで来るように思われた。

そのときビルの方角から、やはり傘をささずに、外套の襟を立て、前かがみに急いでくる人影があった。

その高い背丈を見ると、美子の胸は波立った。

「やあ」

ドアをあけて、正は大ざっぱに外套の雪をはたきながら、笑顔を向けた。

「まだついていてよ」

座った正の髪の雪を、美子は手をさしのべて払った。

二

「何の話？」

正は笑顔のまま、せかせかと、そうきいた。

「金杉がね」

美子は乾いた調子で言い出した。

「金杉さんの容態はどうなんですか」

この質問で、出ばながくじかれた。

「それが、とても思わしくないの。……まあ、きいてね。金杉がね、もしものことがある場合に、心残りだって言い出して、明日にもあたくしと、正式に結婚したい、って言うのよ。それで、あたくし、イエスか、ノゥを決めなければならなくなったの。二時間だけ暇をくれって言って、出て来たの」

「ふむ」

正は、このとんでもない難問に出っくわして、大きく体をゆるがせてから、腕組みをした。そして、もう一度、こうきいた。

「容態はよほど悪いのですか」

「ええ、永くないんじゃないかと思うの、あたくし」

美子はこう言いながら、自分の誠実のありかを確かめかねていた。

もしイエスと即答すれば、美子は金杉に誠実であることになる。しかし客観的に考えれば、金杉が余命いくばくもない以上、美子は一石二鳥をねらったとも見られるであろう。意地悪な世間は、結婚によって美子が正式にうけとることになる遺産の高も、決して見のがしはしないであろう。一分一厘でもこんな打算がはたらけば、このイエスは美子の我身と正のためのイエスであって、精神的には金杉への誠実とは言えないであろう。

ノオといえば、誠実だろうか？　いや決してあの病人の最後のねぎごとに、これほど恩顧をこうむった美子がノオと言えた義理ではない。

『結局、すべては正さんにかかっているんだわ』と美子は考えた。

そのとき奇妙なことに正も、これほど自分が愛している女を前に、強羅《ごうら》の宿で考えた、『自分は女に養われる男ではない』という単純な、しかしかなり誠実な考えを思い出していた。さりとてこの上貧しい一介のサラリーマンが、こんな贅沢な女を引っ張ってゆけるだろうか。彼には肉体的自信のほかには、大した自信がなかった。

美子が言い出した。

「結局、あなたに決めていただくほかはないの。どうか仰言《おつしや》ってちょうだい。あたくしと金杉が結婚して、いつか又、あたくしとあなたが結婚できるようになるまで、それは近い将来か遠い将来かわからないけれど、待っていて下さるかしら？　それとも……」

この提案をしているときの美子の気持は重大だった。彼女は膝を屈し、両親に重大な過誤を打明ける娘のように、おずおずとそれを言ったのである。そしてそれに答える正の、否定か肯定かの断固たる一言に、彼女は未来のすべてを委《ゆだ》ねる気持になっていた。美子の期待したその本当の返事は何だったろう。

正は沈思黙考の上、返事をした。その返事に美子がどう反応したかは、読者の判断に委《まか》せよう。とにかく彼は返事をした。しかもそれはこれ以上彼流にはできなかったろうと思われるほど、彼流の返事であった。

「はい、僕待っています」

解説

田中優子

『にっぽん製』が書かれたのは一九五二年である。十一月から連載が始まって翌年五三年の一月に完結し、三月に刊行された。

この年代は重要だ。なぜなら連載を始めた六ヶ月前に、三島は五ヶ月に及ぶ世界一周の旅から帰国したばかりだからである。この旅は、その後の三島の感性、思想、小説に多大な影響を与えた。三島はその時、二十七歳だった。

『にっぽん製』は明快だ。わかりやすい。三島の小説のほとんどは非常に理解しやすく、描写が具体的で丁寧で面白い。時代の空気をしっかり吸い取って、気取ったところがない。三島の最後の行動から見るとその距離に愕然《がくぜん》とするくらい、三島の作品は大衆小説的な匂いがする。あまりに全てが自然でさりげなく、私は読んだはずの三島の小説の詳細を、いくつかの鮮明なシーンを残してほとんど忘れてしまうくらいだ。恐らく、社会の空気の中に溶け込んでしまうほど、その時代をくみ取っているからではないかと思う。

いや、時代を組み込んでいたばかりではない。三島は新しかった。時代の最先端を書こうとしていた。

たとえば『にっぽん製』の冒頭である。四十八人乗のスカンジナビア航空DC－6が、羽田に入ってくるところから始まる。今読んだらどうということのないシーンだが、羽田空港はこの連載が始まるたった四ヶ月前にアメリカ軍から一部返還され、「東京国際空港」となったばかりであった。スカンジナビア航空はその前の年、つまりまだ羽田が米軍の占領下にあったころに日本に乗り入れており、南回りのバンコク線でヨーロッパと往復していた。主人公の美子の頭の中を、「パリからの航路、インド、シャム、南支那海」がまわっていたのは、その南回りで帰国したからである。スカンジナビア航空は確かに、一九五二年にダグラス社のDC－6Bを入手していて、アメリカとヨーロッパの飛行に初めて北極圏を使ったのだが、アジアとヨーロッパの間はまだ南回りだったはずである。次の年になるとダグラスDC－6による日本航空の国際線定期路線が開かれるが、この作品が連載されているあいだは、まだ日本の航空会社によるヨーロッパ便はない。

つまり、最初から最先端の連続なのである。飛行機が滑走路に降りるとジープが先導するシーンがある。背に青い灯でFOLLOW MEとつけていた、とあるからアメリカ軍のジープなのであろう。三島は帰国するとき、飛行機を使ったのかも知れない。それにしてもNO SMOKING, FASTEN SEAT-BELTなど今ならタクシーの中にまである陳腐な文句だが、飛行機に日本人が二人しか乗っていなかったというこの時代、冒頭にいきなり空港と英語を書きつけたこの小説はとても新しく、お洒落《しゃれ》な作品に映ったに違いないのである。

一方、柔道は一二世紀からあって江戸時代に確立され、近代になって講道館ができるが、世界に出て行ったのは、まさにこの作品が書かれた前後であった。一九四八年にヨーロッパに柔道連盟が結成され、五一年に国際柔道連盟ができるのである。五六年には第一回世界選手権大会がおこなわれる。美子がパリから銀座みゆき通りにデザインをもって来るという動きと、栗原正がパリへ柔道を持って行くという行動は、庶民レベルにおける日本とヨーロッパの交わりの濫觴《らんしょう》なのである。明治大正期のエリート層による一方的なヨーロッパ文化吸収ではない。すでにそこには、飛行機を利用した「ファッション」と「スポーツ」の国際交流があり、言いかえれば消費とエンターテイメントの交叉《こうさ》の始まりだったのだ。それはまた、欧米文化の導入時代を過ぎて、「日本製」が欧米に出て行くスタートラインでもあった。

三島は一年ほどで大蔵省を退職し、その次の年から次々に刊行される『仮面の告白』『愛の渇き』『青の時代』『禁色』で作家としての名声を確立する。そしてその後の一九五一年一二月、旅客船で欧米に出発するのである。『禁色』は世界旅行の前にその第一部が連載され、帰国してからさらに『秘楽《ひぎょう》』という題名で第二部が書かれた。第二部の連載の時期は一九五二年八月から五三年の八月までなので、『にっぽん製』の連載はその『禁色』第二部と同時期に並行して書かれたことになる。『にっぽん製』は『禁色』と重ねて読んだ方がいいだろう。

『禁色』は、男色を書いた長編小説として当時賛否両論を巻き起こした。最終的には評価されて終わったわけだが、その評価の理由が既成概念への挑戦、正常さの偶像の破壊、という理由であるのだから、その評価自体は時代の変化とともに意味が無くなる。男色は、江戸時代では極めて正常で日常的であり、二〇一〇年では再び、少しも珍しくなくなった。お茶の間のテレビ番組に堂々と取り上げられる普通の話題である。「禁」や「秘」という文字が意味を発光していた時期は、明治維新から一九八〇年代の約百年ぐらいだったであろう。しかし、いったん近代日本の地下にもぐってしまった男色世界が再認識されたのは、やはり『禁色』の力が大きかったはずだ。

同様に、『にっぽん製』で書かれた裕福な階級の西欧へのあこがれと、それとは無縁に存在する日本人の生活という対比は、今では少々滑稽《こっけい》なテーマである。もはや無条件に欧米にあこがれる日本人は激減し、多くの人が複数回ヨーロッパ旅行をした経験をもち、幾人もの日本人デザイナーがパリコレクションで成功をおさめている。個人的な経験でも、空港でイッセイ・ミヤケを着ていると欧米人に話しかけられる。一目見て分かるほどのものを、日本人は作りだしてしまった。そのようなグローバルに通用する「日本製」に囲まれている現代の私たちにとって、『にっぽん製』は「隔世の感」をもつ以外、どのような読み方ができるだろうか。

この作品は「わかりやすい」と書いた。その理由のひとつが、すでに述べた「新しさ」の衝撃と「お洒落」な感性である。羽田に降りたつ飛行機、男物のスーツを大胆に着こなしてフランス語をしゃべるファッション・デザイナー、ビロード襟のついたチェスターフィールド型の外套《がいとう》にステッキをもつ長身の紳士、洋館のテーブルに並べられるカナッペやコーヒーやケーキ、みゆき通りにオースチンを止めてブティックに横付けする中年の夫婦、東京會舘のプルニエ、資生堂ギャラリー、シャンソンのかかっているカフェ・ド・ラ・ペイ、マイアミ・ダンスホール、西部劇とクリームパンに至るまで、まるでモード雑誌をめくってゆくようだ。

次に、極めて空間的に意味が配置されていることである。まず、パリと東京だ。そして銀座みゆき通りにあるベレニス洋裁店と、新宿御苑にある庭付きの洋館と、大井町線緑が丘と東北沢にある庶民的な栗原正の部屋である。ベレニスとは恐らくフランス語の vernis のことで、その意味は釉薬《ゆうやく》、転じて「うわべ」「見せかけ」である。物語はその銀座と新宿御苑と、そのころの東京のモダンな店の数々、そして煮豆や卵や卓袱台《ちゃぶだい》のある、正の暮らす「ふつうの日本人」の生活圏を行ったり来たりする。

名前もわかりやすい記号だ。女性は美子であり、男性は正。これは「美」と「正義」である。パトロンは金杉で、これは「金」だろう。上客は笠田で、これは貫禄《かんろく》や器量や重さを意味する「嵩《かさ》」か。泥棒は根住《ねずみ》ときている。美子はパリ帰りで、自分のデザインによるファッションショーを開こうとしている。金杉はただのパトロンではなく織物会社の社長である。与えるだけの旦那《だんな》ではない。美子との関係では出資者としての利益も得ている。一方、正は東洋製鉄の社員で、その庇護《ひご》のもとで柔道の選手として活躍している。

この作品は、美と正義、繊維と鉄、ヨーロッパと日本という対照性を軸にしている。そしてその周辺にうろつく様々な、時代に翻弄《ほんろう》されている人たちが、カリカチュアとして点描され、ユーモア小説のような洒落た漫画世界を作り上げている。画家の阪本は内実の無い、ステレオタイプの芸術家だ。ヨーロッパ絵画を真似ることはあっても、自らのものは作り出さず、にもかかわらず絶大な自信をもつ西洋画壇の象徴なのであろう。笠田夫人はその内側に、「日本のおかみさん」としての堅実で強靭《きょうじん》な内実をもちながら「成金」になり、似合わないヨーロッパ風の服を着て喜ぶ。この後に続く戦後日本の高度経済成長期に、どっと出現する成金夫人の走りである。若い女性のブランド志向はずっと後のことで、この時代はプレタポルテの仕立てに巨額の支出をする、成金の奥さんたちの時代なのだ。みゆき通りのオースチンの中にいる男は、笑うと金の総入れ歯だ。ベレニス洋裁店に来る客は、肥満の笠田夫人をはじめ、ぎすぎすに痩《や》せて眼鏡をかけた夫人、短軀《たんく》でおしゃくみたいに見える夫人、卓袱台の脚のような短足の夫人など、まさに漫画である。色鮮やかなイラストの中に点描された漫画を見るようで、実に視覚的に出来上がっている。

視覚的なのは東京ばかりではない。この小説には蒲郡ホテル（現・蒲郡プリンスホテル）と箱根・強羅の環翠楼《かんすいろう》（作品中では巒水楼《らんすいろう》）が出てくる。蒲郡ホテルは一九三四年、外国人を泊めるリゾートホテルとして建てられた。和風建築と洋館が合体した独特の雰囲気で、金杉と美子が泊まった部屋は昭和天皇や皇族たちも泊まった部屋として、今でも存在する。なぜその部屋と特定できるのかというと、バルコニーのついた部屋はひとつしかないからである。彼らが阪本画伯と出会ってロビーでドライ・マルチーニとスロウ・ジンを飲むシーンも、映画か絵画のようである。ちなみに、蒲郡ホテルには三島の他にも、菊池寛や川端康成や志賀直哉も滞在していたという。

環翠楼は岩崎家の別荘だった。ここには、美子は正と泊まりにゆく。金杉と泊まる蒲郡ホテルはマントルピースとバルコニーのある洋館であり、正と泊まる巒水楼は純和風の高級温泉旅館なのである。ここにも、ヨーロッパと日本の対照性がある。それにしても、これら旅のシーンは今でも必ず大衆小説やミステリーものに出てくる読者サービス「旅のお楽しみ」シーンといった風で、なかなか楽しい。しかもどちらも、今でも営業中だ。

同時に書いていた『禁色』第二部はより重厚な作品ではあるが、それでもやはり『にっぽん製』に出てくるようなダンス・ホールや神田の裏町やゲイバーが描かれていて、東京の猥雑《わいざつ》さが面白い。『にっぽん製』と決定的に違うのは、主人公が知識人のもの書きであることだ。美子の位置にくるのが美青年の悠一である。美は、いかなる知性や概念や倫理や論理や世間の常識さえも食い破り貫いてゆく。どちらの作品も、美がエネルギーを持っている。二作品に共通するもうひとつのテーマは「うそ」と「真情」であろう。『禁色』では、悠一の真の姿は男から男へ渡り歩くゲイとしての姿なのだが、最後までそれは巧みに偽られて、悠一の妻と母親は単なる女好きの浮気者《うわき》として、安心して悠一を許す。妻と母親は「世間」というものの象徴であるに違いない。しかし悠一の生き方は中身の無い虚飾の偽りではない。そのような裏の人生にも確かに、他者からは理解しがたい愛があり、その愛と美に殉教する老作家がいたのである。

『にっぽん製』の場合、「うそ」は、愛人たちを「父親」と「婚約者」の役に振り分けることだった。そして、ついには真情を手に入れる「美」のしたたかさが語られる。言うまでもなく、「うそ」の側にはベレニス（うわべ、見せかけ）洋裁店やイギリス紳士風の「父親」役、フランス崇拝者の「婚約者」役が位置し、「真情」の側には「にっぽん製」の象徴たる「正」がいるのである。「美」は「正」とやがては合体して、そのたくましい身体性を入手するに違いなく、そのとき「美」のうわべははがれ、真の美がそこに現れる——はずである。

これらの連載終了から二年後の一九五五年、三島由紀夫はボディビルを始める。その前の年には『潮騒』を書き上げており、『にっぽん製』『禁色』『潮騒』は、身体性を欠いた（ように見える）日本の美の観念と、ギリシャの極めて具体的な身体（肉体）で表現される美の基準とを、作品の中で不即不離なまでに合体させてゆく仕事だったのではなかったか、と思う。

ヨーロッパ文化に初めて直接触れる者は例外なく、あらゆる空間を占めるその彫刻美術のおびただしい量と魅惑的な質とに圧倒される。しかしたいていは圧倒されたまま、その心の動きをどう収めてよいのか途方に暮れて終わる。わざわざ間にキリスト教を置いて理解しようとなどする必要はない。彫像は直接我々を打つ。それがいかなる身体への感性と思想からやってきたのか、三島はその純粋で素朴な問いに立ち向かったのではないだろうか。

最後に、この作品では何が「にっぽん製」なのだろうか。悠一のギリシャ彫刻的身体美に対照的な、正の身体ではないだろうか。三島の作品では女性から身体が感じられない。美子は衣をつけなければその姿が見えない美の観念であって、正が日本製の身体なのである。美しい身体には愚直と純粋が宿っている、というのが三島の「思想」であった。それらは全体で「普遍性」を獲得しており、その普遍性は、戦後日本の個性尊重などという秩序も基準もない思考からは、はかり知られぬものだと、三島は考えていた。

ところで、三島が理解しようとしなかった江戸時代の戯作には、「こいつあニッポンだ」という言い方があった。『にっぽん製』という言葉はそれと同じぐらい曖《あい》昧《まい》で、同じぐらいユーモアに満ちている。

本書は『決定版　三島由紀夫全集』（新潮社）を底本とし、現代仮名遣いに改めました。

本文中には、今日の人権擁護の見地に照らして、不適切と思われる表現がありますが、著者自身に差別的意図はなく、また、著者が故人であること、作品自体の文学性・芸術性を考え合わせ、原文のままとしました。

（編集部）

にっぽん製《せい》

三《み》島《しま》由《ゆ》紀《き》夫《お》

平成22年 6月25日　初版発行
令和7年 1月15日　14版発行

発行者●山下直久

発行●株式会社KADOKAWA
〒102-8177　東京都千代田区富士見2-13-3
電話　0570-002-301（ナビダイヤル）

角川文庫 16323

印刷所●株式会社KADOKAWA
製本所●株式会社KADOKAWA

表紙画●和田三造

●お問い合わせ
https://www.kadokawa.co.jp/（「お問い合わせ」へお進みください）
※内容によっては、お答えできない場合があります。
※サポートは日本国内のみとさせていただきます。
※Japanese text only

ISBN978-4-04-121215-8　C0193

◆◇◇

角川文庫発刊に際して

角川源義

第二次世界大戦の敗北は、軍事力の敗北であった以上に、私たちの若い文化力の敗退であった。私たちの文化が戦争に対して如何に無力であり、単なるあだ花に過ぎなかったかを、私たちは身を以て体験し痛感した。西洋近代文化の摂取にとって、明治以後八十年の歳月は決して短かすぎたとは言えない。にもかかわらず、近代文化の伝統を確立し、自由な批判と柔軟な良識に富む文化層として自らを形成することに私たちは失敗して来た。そしてこれは、各層への文化の普及滲透を任務とする出版人の責任でもあった。

一九四五年以来、私たちは再び振出しに戻り、第一歩から踏み出すことを余儀なくされた。これは大きな不幸ではあるが、反面、これまでの混沌・未熟・歪曲の中にあった我が国の文化に秩序と確たる基礎を齎らすためには絶好の機会でもある。角川書店は、このような祖国の文化的危機にあたり、微力をも顧みず再建の礎石たるべき抱負と決意とをもって出発したが、ここに創立以来の念願を果すべく角川文庫を発刊する。これまで刊行されたあらゆる全集叢書文庫類の長所と短所とを検討し、古今東西の不朽の典籍を、良心的編集のもとに、廉価に、そして書架にふさわしい美本として、多くのひとびとに提供しようとする。しかし私たちは徒らに百科全書的な知識のジレッタントを作ることを目的とせず、あくまで祖国の文化に秩序と再建への道を示し、この文庫を角川書店の栄ある事業として、今後永久に継続発展せしめ、学芸と教養との殿堂として大成せんことを期したい。多くの読書子の愛情ある忠言と支持とによって、この希望と抱負とを完遂せしめられんことを願う。

一九四九年五月三日

角川文庫ベストセラー

不道徳教育講座　三島由紀夫

大いにウソをつくべし、弱い者をいじめるべし、痴漢を歓迎すべし等々、世の良識家たちの度肝を抜く不道徳のススメ。西鶴の『本朝二十不孝』に倣い、逆説的レトリックで展開するエッセイ集、現代倫理のパロディ。

美と共同体と東大闘争　三島由紀夫　東大全共闘

学生・社会運動の嵐が吹き荒れる一九六九年五月十三日、超満員の東大教養学部で開催された三島由紀夫と全共闘の討論会。両者が互いの存在理由をめぐって、激しく、真摯に議論を闘わせた貴重なドキュメント。

純白の夜　三島由紀夫

村松恒彦は勤務先の銀行の創立者の娘である13歳年下の妻・郁子と不自由なく暮らしている。恒彦の友人・楠は一目で郁子の美しさに心を奪われ、郁子もまた楠に惹かれていく。二人の恋は思いも寄らぬ方向へ。

夏子の冒険　三島由紀夫

裕福な家で奔放に育った夏子は、自分に群らがる男たちに興味が持てず、神に仕えた方がいい、と函館の修道院入りを決める。ところが函館へ向かう途中、情熱的な瞳の一人の青年と巡り会う。長編ロマンス！

夜会服　三島由紀夫

何不自由ないものに思われた新婚生活だったが、ふと覗かせる夫・俊夫の素顔は絢子を不安にさせる。見合いを勧めたはずの姑の態度もおかしい。親子、嫁姑、夫婦それぞれの心境から、結婚がもたらす確執を描く。

角川文庫ベストセラー

複雑な彼　三島由紀夫

森田冴子は国際線スチュワード・宮城譲二の精悍な背中に魅せられた。だが、譲二はスパイだったとか保釈中の身だとかいう物騒な噂がある「複雑な」彼。やがて2人は恋に落ちるが……爽やかな青春恋愛小説。

お嬢さん　三島由紀夫

大手企業重役の娘・藤沢かすみは20歳、健全で幸福な家庭のお嬢さま。休日になると藤沢家を訪れる父の部下たちは花婿候補だ。かすみが興味を抱いた沢井はプレイボーイで……「婚活」の行方は。初文庫化作品。

幸福号出帆　三島由紀夫

虚無的で人間嫌いだが、容姿に恵まれた敏夫は、妹の三津子を溺愛している。「幸福号」と名づけた船を手に入れた敏夫は、密輸で追われる身となった妹と共に、純粋な愛に生きようと逃避行の旅に出る。純愛長編。

愛の疾走　三島由紀夫

半農半漁の村で、漁を営む青年・修一と、湖岸の工場に勤める美代。この二人に恋をさせ、自分の小説のモデルにしようとたくらむ素人作家、大島。策略と駆け引きの果ての恋の行方は。劇中劇も巧みな恋愛長編。

堕落論　坂口安吾

「堕ちること以外の中に、人間を救う便利な近道はない」。第二次大戦直後の混迷した社会に、かつての倫理を否定し、新たな考え方を示した『堕落論』。安吾を時代の寵児に押し上げ、時を超えて語り継がれる名作。